中央高校基本科研业务费专项资金资助（2023FR007）

华北电力大学 | 哲学社会科学繁荣计划专项
哲学社会科学文库

比利时奇幻小说研究

以盖尔迪罗德和欧文的奇幻构建为例

A Study of Belgian Fantasy Novels

Taking the Fantasy Construction of Ghelderode and Owen as an Example

侯楠 著

ZHEJIANG UNIVERSITY PRESS
浙江大学出版社
·杭州·

图书在版编目（CIP）数据

比利时奇幻小说研究：以盖尔迪罗德和欧文的奇幻
构建为例 / 侯楠著. — 杭州：浙江大学出版社，
2023.10

ISBN 978-7-308-24258-5

Ⅰ．①比… Ⅱ．①侯… Ⅲ．①幻想小说－小说研究－
比利时 Ⅳ．①I564.074

中国国家版本馆 CIP 数据核字（2023）第 185843 号

比利时奇幻小说研究——以盖尔迪罗德和欧文的奇幻构建为例
BILISHI QIHUAN XIAOSHUO YANJIU——YI GAI'ERDILUODE HE OUWEN DE QIHUAN
GOUJIAN WEI LI

侯　楠　著

责任编辑	黄静芬	
责任校对	董　唯	
封面设计	雷建军	
出版发行	浙江大学出版社	
	（杭州市天目山路 148 号　邮政编码 310007）	
	（网址：http://www.zjupress.com）	
排　　版	杭州朝曦图文设计有限公司	
印　　刷	杭州钱江彩色印务有限公司	
开　　本	710mm×1000mm　1/16	
印　　张	9.75	
字　　数	125 千	
版 印 次	2023 年 10 月第 1 版　2023 年 10 月第 1 次印刷	
书　　号	ISBN 978-7-308-24258-5	
定　　价	48.00 元	

前　言

西方奇幻小说的理论批评研究可以上溯到 19 世纪后半期,居伊·德·莫泊桑(Guy de Maupassant)于 1883 年在《高卢人》(Le Gaulois)报上首次发表了关于奇幻小说艺术技巧的文章。从 20 世纪中期起,奇幻小说研究开始引发西方学术界的热议。对奇幻小说的研究主要分为奇幻小说史研究、奇幻叙事研究和精神分析研究。

众多西方学者对奇幻小说进行了历史全景式研究。皮埃尔-乔治·卡斯泰(Pierre-Georges Castex,1951)、马塞尔·施奈德(Marcel Schneider,1964)、让-巴蒂斯特·巴罗尼安(Jean-Baptiste Baronian,1978)和纳塔莉·普兰斯(Nathalie Prince,2008)等学者结合社会历史文化语境对奇幻小说进行了历史分期,并对奇幻作家及其写作特点进行了介绍与分析。这些研究主要是宏观层面的,勾勒出了西方奇幻小说发展的轨迹,介绍了奇幻作家的生平、代表作品与创作特点。

茨维坦·托多罗夫(Tzvetan Todorov)在《奇幻文学导论》(Introduction à la littérature fantastique,1970)中,用结构主义理论研究奇幻文类,通过言语、言语行为和句法这三个层面研究奇幻话语,并研究语法结构的语义层面,划分出"自我主题"和"他者主题"这两类奇幻主题。托多罗夫的理论奠定了奇幻叙事研究的基础,为后续研究提供了重要参考。埃里克·拉布金(Eric Rabkin,1976)、阿马丽·贝亚特丽斯·沙纳蒂(Amaryll Beatrice Chanady,1985)、伊雷娜·贝西埃(Irène Bessière,1973)、凯瑟琳·休姆(Kathryn Hume,1984)和南希·特雷尔(Nancy Traill,1996)等学者或许不完全认同托多罗夫的某些观点,但他们仍在托多罗夫研究的基础上进一步研究奇幻文本的言语、句法和语义。而在托多罗夫的研究出现之前,彼得·彭佐尔特(Peter Penzoldt,1952)、路易·瓦克斯(Louis Vax,1960)、罗歇·凯卢瓦(Roger Caillois,1966)、多萝西·斯卡伯勒(Dorothy Scarborough,1967)等学者就已经对奇幻主题进行过研究,试图将其分成鬼怪、幽灵、吸血鬼、狼人、看不见的生命、时空颠倒等主题。

西格蒙德·弗洛伊德(Sigmund Freud)在《暗恐》(*Uncanny*,1919)中,从心理学角度对 E. T. A. 霍夫曼(E. T. A. Hoffmann)的奇幻小说《沙人》(*The Sandman*,1816)进行了解读。这通常被看作奇幻小说研究的正式开端。罗斯玛丽·杰克逊(Rosemary Jackson,1981)、马克斯·米尔纳(Max Milner,1982)、让·勒·盖内克(Jean Le Guennec,2003)等学者主要从精神分析角度对奇幻小说进行分析,注重分析奇幻文本中的无意识现象。

国内学术界已有学者对西方奇幻小说进行了专门研究,体现出我国外国文学研究向亚文类的拓展,但研究起步较晚,开始于 2000 年左右。研究对象主要涉及美国小说家埃德加·爱伦·坡(Edgar Allan Poe)、法国作家莫泊桑以及法国文学理论家托多罗夫。

国内外对奇幻小说的研究主要聚焦于英美法奇幻小说,而关于比利时法语奇幻小说的研究则较少。巴罗尼安在《法语奇幻文学概况:从起源到未来》(*Panorama de la littérature fantastique de langue française*:*des origines à demain*,1978)中,专门用一章的篇幅介绍了比利时奇幻小说的概况,以及比利时奇幻作家的创作特点,其他外国研究则较少涉及或只是零星地涉及比利时奇幻小说;国内研究同样很少涉及比利时奇幻小说。因此,在结合具体文本剖析比利时奇幻小说的叙事特点方面仍存有探索的空间。本研究将是一次崭新的尝试。

本研究将通过理论梳理和文本分析来解读奇幻小说的概念,探究比利时奇幻小说的兴起、发展过程和特点,以此展现比利时法语奇幻小说独特的成长路线与精神内核。同时,本研究将聚焦于比利时法语奇幻文学黄金时期两位具有代表性的作家——米歇尔·德·盖尔迪罗德(Michel de Ghelderode)和托马斯·欧文(Thomas Owen)的奇幻小说,探究其作品在叙事过程中如何构建奇幻,以及发掘盖尔迪罗德和欧文两位奇幻作家创作的奇幻作品的特点与内在逻辑。

在第一章中,我们将研究奇幻小说的概念。首先,我们将探讨奇幻小说能否被看作一种文学类型,并将其与仙境故事、科幻小说、魔幻现实主义小说与象征主义小说等具有相似之处的文类进行区分。其次,我们将区分奇幻小说的定义与奇幻小说的基本概念,并从以现实为框架、颠覆现实、犹疑和恐惧这四方面归纳奇幻小说的基本特点。最后,我们将对“奇幻的构建”这一重点概念进行探讨,研究现实与奇幻的对抗形式,以及划分奇幻的端倪、奇幻的显露、奇幻与现实的相对平衡这三个相互交织的阶段。

在第二章中,我们将研究比利时奇幻小说的概况。我们首先将对比利时的概况进行介绍,尤其关注比利时民族与语言的矛盾以及比利时曲折的历史。随后,我们将从自然环境、国家历史、社会环境和文学传统这几个方面分析比利时奇幻小说诞生的原因,以及研究比利时象征主义文学与现实主义文学的发展是如何为奇幻小说的兴起提供文学土壤的。最后,我们将研究比利时奇幻小说的诞生与发展过程。在比利时奇幻小说的诞生阶段,我们将聚焦于弗朗斯·海伦斯(Franz Hellens)和让·雷(Jean Ray)这两位比利时奇幻小说先驱,他们的奇幻作品体现出了早期比利时奇幻小说的特点。在比利时奇幻小说的发展阶段,我们将着重研究盖尔迪罗德和欧文这两位比利时奇幻文学黄金时期的代表性作家的生平与作品特点。

在第三、四、五章中,我们将对盖尔迪罗德和欧文的奇幻文本进行分析,从奇幻的端倪、奇幻的显露、奇幻与现实的相对平衡这三个交织的阶段出发,分析其作品中奇幻的构建。我们将从环境与人物和动物这两个角度出发研究奇幻的端倪,从模糊的生死界限与消融的时空界限这两个方面研究奇幻的显露,最后从模棱两可的结尾与交织且相互排斥的参照框架入手,分析奇幻与现实是如何达成相对平衡的。

目　录

第一章　奇幻小说的概念

  "奇幻小说"（le fantastique）[1]由拉丁语中的"phantasticus"演变而来；拉丁语中的这个词最初又从希腊语中的"φαντάζω"一词演变而来，原意为"使可见或展示"（Jakson，1981：13），即展示本不可见的物体。从广义上看，一切与幻想相关的活动都属于"奇幻"的范畴。而从文学上看，奇幻小说最初被认为是现实主义小说的反义词，"'奇幻'似乎不加区分地被用于任何不优先考虑表现现实的文学——神话、传奇、民间故事、童话、乌托邦寓言、梦境、超现实文学、科幻故事、恐怖故事，即一切展示'除却'人类领域的文学"（Jakson，1981：13）。也就是说，最初广义的奇幻小说包括中国的《聊斋志异》，西方的骑士小说、仙

---

  ① 国内学术界对"le fantastique"有"奇幻小说""玄怪小说""神怪小说"与"志异小说"等不同的翻译方式，本研究采取其最普遍的译法，即"奇幻小说"。但它区别于我们对奇幻小说的常规认识，如我们通常认为属于奇幻小说的通俗魔幻小说在西方文学的语境下不属于"奇幻小说"，而属于"神异小说"（le merveilleux，有时也被称作"仙境故事"），我们在后文中会对"奇幻小说"与"神异小说"这两者的概念进行解释与区分。

境故事、哥特小说、魔幻现实主义小说等①，这些小说实际上都是幻想小说②。然而，在 19 世纪及以后的西方学者看来，奇幻小说并不等同于幻想小说，他们研究的对象是狭义的奇幻小说，即 18 世纪末到 20 世纪初的欧美奇幻小说。

　　本研究中的"奇幻小说"指的是狭义的奇幻小说。我们在研究开始前需要对奇幻小说的范畴以及概念进行研究。在范畴问题上，我们需要确认奇幻小说是不是一种文类，且它作为文类有何区别于其他与幻想有关的文类的特征。在概念问题上，鉴于奇幻小说定义的复杂性和困难性，我们试图总结奇幻小说的基本概念，由此展现其独特的文学特点。我们还将专门对奇幻小说的内核进行研究，即奇幻与现实的抗衡，这是奇幻小说得以存在的支撑，也是奇幻小说的核心特点。

第一节　奇幻小说的文类问题

一、奇幻小说的文类之争

　　奇幻小说自诞生之日起就在是否构成文类的问题上备受争议。

---

　　①　骑士小说是产生于 11 世纪到 13 世纪的一种世俗小说，主要从民间传说和史诗中取材，描写骑士的冒险经历与爱情故事，其中包含骑士与巫师、怪物、恶魔的斗争；仙境故事是指在不同于现实世界的超自然世界中发生的故事，故事中的人物已经先验地接受了超自然法则；哥特小说是西方通俗文学中关于惊险神秘的小说，它可以说是恐怖小说的鼻祖，常包括恐怖、神秘、超自然、厄运、死亡、疯癫、诅咒、鬼宅等元素；魔幻现实主义小说是将现实与幻觉结合、通过虚实交错去描写和反映社会历史现象的一类小说，尽管它表面看起来神秘，但它实际上是在描写社会现实。

　　②　幻想小说指的是不优先考虑表现现实而优先表现超自然的小说，它是广义上的奇幻小说。

关于是否可以将奇幻小说作为一种文类来研究的问题曾在文学界引起诸多讨论。一些学者曾明确提出，奇幻不能被看作文类。比利时文献学家、史学家、评论作者雷蒙·特鲁松（Raymond Trousson）表示，"奇幻不是一种形式而是一种效果，就奇幻小说而言，小说是文类，而奇幻非文类"（Trousson，1978：208）。比利时法语诗人、小说家、文学评论家于贝尔·朱安（Hubert Juin）认为，奇幻既不是文学种类，也不是思想潮流，因为它没有明确的定义："它难以被定义，但它具有感染力。"（Juin，1974：1）比利时第一位奇幻主义作家弗朗斯·海伦斯也认为，奇幻不应该被视为文类，"它（奇幻）是一种观察、感受和想象的方式"（Hellens，1991：9）。上述对奇幻的解读把奇幻看作"幻想"或"想象"（imaginaire），即通过创造和幻想的方式产生的一种奇特效果。按照这种说法，奇幻即幻想，幻想即奇幻吗？文学中幻想的产物有仙境故事、科幻小说等，它们描述的都是现实中不存在的世界与故事，它们可以被理解为奇幻吗？答案是否定的。这里先不展开解释，我们将在后文中对它们的概念进行区分。事实上，否定奇幻是一种文类并把奇幻等同于幻想的观点未免扩大了奇幻的外延，否认奇幻小说具有明确的定义似乎也忽视了奇幻小说作品共有的某些特征。让-巴蒂斯特·巴罗尼安指出，"所有非现实的并不一定都是奇幻的，某些作品也并不因为其以奇特的想象或主题为支撑就趁此机会成了奇幻作品"（Baronian，2007：23）。

　　与上述拒绝把奇幻小说视为文类的学者们的观点相反，法国文学理论家茨维坦·托多罗夫是把奇幻小说视为文类的代表性人物。他撰写了《奇幻文学导论》这部在奇幻研究方面具有里程碑意义的著作，试图用结构主义理论来研究奇幻小说这一文学类型，并以此为契机勾勒出普遍意义上文学类型研究的理论框架。他在著作开篇就点明奇幻小说是一种文类，认为"'奇幻'是对某一文学类型的命名"

(Todorov,1970:1),但他并未花费笔墨解释为何要把奇幻小说看作文学类型,似乎在他看来这个问题的答案不言而喻,因为《奇幻文学导论》这部作品本身就建立在奇幻小说是一个文类的大前提之上。托多罗夫认为,从类型的角度来对奇幻小说进行考察是一项"特殊的工作"(Todorov,1970:1),需要"发现对一系列文本适用的可操作性原理,而不是针对个别作品的特殊原理"(Todorov,1970:1);也就是说,要区别于具体文本,在高度抽象的层面上研究奇幻小说。于是,托多罗夫试图从言语层面、句法层面和语义层面总结出奇幻文类的"通用语法"。但我们不禁疑惑,真的存在所谓的"通用语法"吗?"通用语法"能够涵盖所有奇幻作品吗?对于奇幻小说乃至任何文类来说,"通用语法"似乎是很难存在的,又或者说我们很难证明"通用语法"的存在,因为文学作品在存在共性的同时也具有个性,每部作品都有其独特之处,且新诞生的作品的某些特点甚至有可能引起整个文类的调整。托多罗夫也承认自己对文类理论抱有一丝怀疑和保留。在他看来,"我们只能说某个既定的文本证实了某一类型,而不是说类型存在于文本之中……换句话说,并不一定存在一个忠实体现它所属类型的文本,这只是一种可能的情况。也就是说,任何对文本的考察都无法严格证实类型理论的有效性"(Todorov,1970:26)。

于是,关于奇幻小说的文类之争似乎显得不那么具有决定性的意义了。一方面,奇幻小说是不是文类对于奇幻小说的分析并不能起到决定性作用,正如我们在上文中所分析的,适用于某一文类分析的"通用语法"并不存在,文本的共性与个性总是共存的。另一方面,现代类型理论为文学作品提供了相对自由的空间,"它并不限定可能有的文学种类的数目,也不给作者们规定规则。它假定传统的种类可以被'混合'起来从而产生一个新的种类(例如悲喜剧)。它认为类型可以在'纯粹'的基础上构成,也可以在包容或'丰富'的基础上构成,既可以用缩减也可以用扩大的方法构成"(韦勒克、沃伦,2017:228)。因此,当前多数奇幻文学的研究者选择把奇幻小说看作一种文类,并把奇幻小说这一文类理解为具有某些相同或相似特征的文学作品的编组。这个编组的范围不是固定的,它会随着新作品的加入而不断修正自己的边界,但编组中体现出的奇幻特征具有一些基本的共性。

二、奇幻小说与幻想文类的比较

在把奇幻小说确定为文类后,我们在此把它与其他幻想文类进行比较。托多罗夫根据读者看完故事结尾后的选择把文类依次划分成了"纯怪诞类"(étrange pur)、"奇幻-怪诞类"(fantastique-étrange)、"奇幻-神异类"(fantastique-merveilleux)和"纯神异类"(merveilleux pur)这四个亚类。在他看来,如果读者认为被描述的超自然现象能够用现实法则来解释,那么作品就属于"纯怪诞类";相反,如果读者认为被描述的超自然现象需要用奇幻法则来解释,那么作品就属于"纯神异类"。在这两者中间还有"奇幻-怪诞类"和"奇幻-神异类"。在"奇幻-怪诞类"中,故事中看似超自然的事件,最终可以由现实法则来解释;而在"奇幻-神异类"中,故事中看似超自然的事件,最终可以由奇幻法则来解释。奇幻小说被定义为介于"奇幻-怪诞类"和"奇幻-神异类"这两种相近文类之间的文类。在这种定义之下,纯粹的奇幻小说似乎并不存在,因为它在失去"怪诞"和"神异"文类的支撑后便失去了意义。托多罗夫在诠释奇幻小说的同时似乎否定了奇幻小说的独立存在。让·贝勒曼-诺埃尔(Jean Bellemin-Noël)质疑这种定义方式。首先,他认为我们一下子就能发现的尴尬之处在于"怪诞"和"神异"在理论层面上并不是对等的两个概念,因为"神异小说"是一种文类,但并不存在"怪诞小说"这一文类。他指出,"这似乎是伪造的:为一个现存的,或者说至少在日常语言中存在的文类划定界限,一边挨着另一个现存的文类,一边挨着一个'通用类别'。'怪诞小说'这一'通用文类'首先被质疑是否存在,事实上它不具备任何一点经验论的权威"(Bellemin-Noël,1971:107)。除了理论层面的问题,贝勒曼-诺埃尔还在实践层面提出了疑问:"纯奇幻类"被看作处在"奇幻-怪诞类"和"奇幻-神异类"之间的一条理想化的分隔线,但我们如何证明"纯怪诞类"和"纯神异类"之间不是一条实心的分隔线,而是可以被使用的区域?这如同一个陷阱,时而认为"纯粹"是有实体的,时而认为"纯粹"什么也不是。这缺乏逻辑性(Bellemin-Noël,1971:108)。

贝勒曼-诺埃尔在反驳托多罗夫的同时又追随着他的脚步,仍试图在结构主义框架内通过把奇幻小说与其他幻想文类进行区分来揭示奇幻小说的特点与定义。贝勒曼-诺埃尔不再使用"怪诞"这一概念,而是用"科幻小说"(science-fiction)这一文类取而代之,把奇幻小说放在"神异小说"(即"仙境故事")和"科幻小说"之间,分别从叙述视角、叙述类型、叙述和描写的关系以及真实效果这四个层面对这三种文类进行对比研究。在叙述视角层面,神异小说中的叙述者让位给事件,事件不需要借助叙述者之口得以展示;奇幻小说的叙述者具有双重身份,"我"作为叙述者时是清醒的旁观者,"我"作为主人公时是事件的参与者;科幻小说多采用非人的视角,叙述者(哪怕是第一人称)扮演着冷静而客观的解说者的角色。在叙述类型层面,神异小说中的叙述是单一的、线性的;奇幻小说中的叙述由于"我"的双重身份而存在双重话语,且小说中常出现回溯;科幻小说中没有固定的叙述类型。在描写层面,神异小说基本不需要描写,重点在于叙述;奇幻小说中的描写往往是"假的描写",比较和类比等"诗意的"描写手法取本义时其实是一种叙述(当我们说"一个男人像魔鬼一样"时,实际上往往在暗示这个男人就是魔鬼);在科幻小说中,相较于叙述,描写占据着主导地位。在真实效果层面,神异小说中没有真实效果;奇幻小说中真实与非真实共存,现实凸显甚至促进了非真实;科幻小说中一切皆旨在制造真实效果。

神异小说(仙境故事)、奇幻小说、科幻小说除了在贝勒曼-诺埃尔的研究中提到的叙述视角、叙述类型、叙述和描写的关系以及真实效果方面有所不同,它们较为明显的区别还在于时间、地点以及法则。神异小说的发生地点不是现实世界,而是由非自然法则控制的其他世界。神异小说往往发生在遥远的过去,故事常以"很久以前……"(Il était une fois ...)作为开头,在故事当中超自然已被人们先验地接受。奇幻小说发生在当下的现实世界之中,人们只了解并接受现实法则,但不可解释的事件的出现迫使人们质疑现实法则并思考奇幻法则存在的可能,最终人们在现实法则和奇幻法则之间徘徊不定。科幻小说发生在现实世界,但不是当下的世界,而是我们尚未了解的未来世界。未来世界的法则往往在故事中由叙述者向读者介绍,这些法则不为当下的人们所了解。因此,对于当下的我们来说,这些未来法则仍属于非自然法则,但这些法则同样先验地被故事中的人们所接受,人们无须也无法质疑法则的真伪。神异小说、奇幻小说、科幻小说的比较情况如表 1-1 所示。

表 1-1　神异小说、科幻小说与奇幻小说比较情况一览

文类	叙述视角	叙述类型	叙述和描写的关系	真实效果	时间	地点	统治法则	法则冲突
神异小说	叙述让位事件	单一、线性	叙述主导	无真实效果	过去	非现实世界	非自然法则	无
奇幻小说	双重叙述	双重话语、回溯	"假的描写"	真实、非真实共存	当下	现实世界	自然法则	有
科幻小说	非人视角叙述	不固定	描写主导	重真实效果	未来	现实世界	未来法则(非自然法则)	无

除了神异小说和科幻小说，奇幻小说与魔幻现实主义小说（réalisme magique）、象征主义小说（symbolisme）也有相似之处，那就是作品中都时常会有奇幻现象的出现。魔幻现实主义小说中也存在神奇的人物、梦幻的情节以及奇幻现象的插入，幻觉与现实相融合，但其实质是运用丰富的想象和夸张的艺术手法对现实进行的一种特殊表现。魔幻现实主义扎根于现实世界，魔幻手法只是为了表现唯一的现实世界。象征主义小说中也存在易与奇幻小说混淆的因素。象征主义小说中时常出现神话传说中的人物与事物，看似出现了奇幻现象，然而这些神话传说并不是为了制造犹疑，而是具有某些暗示或隐喻作用。象征主义者努力探求主客观之间的契合点，他们认为在可感的客观世界深处，隐藏着一个更为真实的、真正永恒的世界，人们只有凭本能的直觉才能领悟，作家的任务便是艺术地传达出这种秘密。奇幻小说中出现的奇幻并不像魔幻现实主义小说一样是为了表现现实世界，也不像象征主义小说一样通过奇幻来表现人类隐秘的精神世界，奇幻小说中的奇幻是与现实平行存在的"实体"①。奇幻小说中存在现实和奇幻两个世界以及两套相应的法则，两者相互排斥、相互抗衡，现实和奇幻两个元素在作品中构成一种平衡。

综上所述，奇幻小说与神异小说、科幻小说、魔幻现实主义小说、象征主义小说等和幻想相关的文类具有明显的区别，奇幻小说具有区别于其他文类的显著特点。

---

① 这里的"实体"并不是指奇幻小说中的奇幻现象在故事中是真实存在的，而是指其中的奇幻并没有别的目的或功能，只是单纯地对奇幻进行描写。

第二节　奇幻小说的基本概念

一、定义还是基本概念

众多西方学者试图对奇幻小说下定义,其中较为出名的是托多罗夫从结构主义角度出发对奇幻小说所下的定义。托多罗夫把奇幻小说这一文类看作处于临界状态的文类:它处在怪诞小说和神异小说之间,如果读者觉得故事中的离奇事件可以用自然法则来解释,那么它属于怪诞小说;如果读者认为故事只有用超自然法则才能解释,那么它属于神异小说(Todorov,1970:29)。托多罗夫还给出了构成奇幻小说的三个条件:首先,读者需要把奇幻文本中人物的世界看作真实的世界,并且在被描述事件的自然解释和超自然解释之间犹疑①,这是必要条件;其次,文本中的人物可能也能体会和读者一样的犹疑,文本体现出犹疑,使犹疑成为作品的主题之一,这是非必要条件;最后,读者需要避免从讽喻的和诗学的角度去理解文本,这也是必要条件(Todorov,1970:37-38)。

但由于"奇幻"一词含义的广泛性及奇幻作品的多变性和多样性,要给奇幻小说下个完美的定义是一项非常困难的工作。甚至托多罗夫本人也承认,并非所有的奇幻作品都适用于他给出的定义和条件。罗斯玛丽·杰克逊直接指出,"事实证明,很难为奇幻小说这一文类下一个合适的定义"(Jackson,1981:13)。除了学者之外,有的奇幻作家

---

①　"犹疑"源自法语中的"hésitation"一词,在奇幻小说中指的是读者(有时也指故事人物)无法确定究竟是现实还是奇幻的犹豫与疑惑状态。

也承认奇幻创作几乎不遵循任何主题或形式上的规则,如法国奇幻作家夏尔·诺迪埃(Charles Nodier)就在《面包屑仙女》(*La fée aux miettes*,1832)的前言中写道:"在没有信仰的时代,好的、真正的奇幻故事只能出自一个疯子之口。"(Nodier,1832:6)巴罗尼安提出了一种较为可行的解决方案,即用奇幻小说的基本概念来代替定义。他指出:"奇幻首先是一种观念,是一种文学作品可以任意地、无穷尽地调整的简单理念。这种观念是,我们的世界可以被从上而下地打乱、违抗和颠覆,可以被除了理性以外的方式感知,可以成为一个无常、偶然、表里不一、模棱两可的场所,成为一个噩梦,甚至成为一场幻想运动。从某种程度上说,奇幻小说作为一种文学类型,可以较有逻辑地讲述在我们对世界的感知中不属于理性的、严格意义上说不属于客观分析的东西。"(Baronian,2007:27)

我们通常认为,定义是对事物本质特征的确切而简要的说明,而基本概念则是把事物的共同特点抽取出来加以概括,以此反映事物一般的、本质的特征的表达。定义与基本概念的区别之处在于:定义往往是静态的,因为它是确切的说明;而基本概念则往往是动态的,它是人们概括出的事物的共同点,随着事物的变化而不断变化。我们在第一章第一节的"奇幻小说的文类之争"中提到,奇幻小说这个文类的范围不是固定的,它会随着新作品的加入而不断修正自己的边界。奇幻小说文类这个研究对象本身就是不断变化的,因此,显然我们对奇幻小说的基本概念进行研究具有更强的可操作性。在托多罗夫理论研究的基础上,结合众多其他西方学者的理论研究成果,我们尝试对奇幻小说的共同点进行梳理与概括,以此探究奇幻小说的基本概念。

二、基本概念与基本特点

奇幻小说总以现实世界为基本框架,这是奇幻小说的第一个特点。奇幻小说和现实主义文学有着源远流长的关系,甚至可以说现实主义文学为奇幻小说提供了文学土壤。这一点在比利时奇幻小说发展的过程中有着明显体现,我们将在后文中谈到现实主义文学对奇幻小说诞生的影响。或许正是因为奇幻小说的诞生与现实主义文学有着密不可分的关系,所以现实一直在奇幻小说中占据重要地位。20世纪的奇幻文学评论家德尼·梅利耶(Denis Mellier)指出,"奇幻小说永远以现实作为索引"(Mellier,1999:44)。国内学者也指出,对于18、19世纪传统的欧洲奇幻文学来说,"奇想文学①并不是一种颂扬想象的文学,因为几乎所有的奇想文学作品都把绝大部分时间设定为现实世界,仿佛作品中的每一个字都是现实世界中某个物件的名字"(王腊宝,2012:123)。尽管奇幻小说从18世纪到20世纪发生了不少变化,但我们可以看出注重现实是奇幻小说的一贯传统,奇幻小说以我们生活着的现实世界为背景,无法解释的神秘现象总是出现在这个现实世界的框架中。

其原因在于,奇幻小说的读者往往不是奇幻的信仰者或追随者;相反,他们是奇幻的怀疑者和质疑者。奇幻文学理论家路易·瓦克斯指出,"那些相信魔法、狼人、魔鬼的人并不是奇幻文学的爱好者。他们不需要奇幻。对他们来说,幽灵存在着,而他们存在的证据应该交由历史批评来处理。目击者越是怀疑、越是当真、越是缺乏想象,他的见证才越有力"(Vax,1961:326)。也就是说,那些毫无保留地相信奇幻的人并不会被奇幻文学所吸引,在他们眼中,奇幻是现实而非文学。

---

① 有的学者也将奇幻文学称作"奇想文学"。

奇幻小说的受众主要是那些对奇幻抱着好奇态度的读者，他们不太相信奇幻的存在，但也不排斥奇幻存在的可能；可以说，他们对奇幻几乎一无所知。面对着立足于现实的读者，奇幻作家如何才能使他们在奇幻面前产生犹疑？在这个问题上，奇幻作家们与奇幻评论家们似乎达成了某种共识，认为要使读者产生犹疑，首先必须构建真实。瓦克斯认为，奇幻小说"喜欢向生存在现实世界中的我们展示和我们一样的人物"（Vax，1963：5）。托多罗夫指出，"读者需要把奇幻文本中的人物的世界看作真实的世界"（Todorov，1970：37）。也就是说，作品中首先要展现出普通秩序与日常规则，随后才能在此基础上引入古怪事物。如果作品一开始就讲述奇幻，那么读者自然而然就会预先接受超现实的设定，奇幻便无法再使读者产生犹疑。在满是幻想与奇迹的世界中，奇幻小说是无法产生奇幻效果的，因此，奇幻小说应该以现实生活为背景，叙述在现实世界中发生的奇幻事件，以此打破现实，使读者始终徘徊在现实与奇幻之间。

奇幻小说的第二个特点是，它在制造真实后撕裂甚至颠覆现实，在现实框架内上演难以解释的事件。法国作家、诗人、社会学家罗歇·凯卢瓦指出，"奇幻通常是普通秩序的断裂，是古怪事物对一成不变的日常规则的入侵"（Caillois，1965：161）。奇幻文学理论家让·法布尔（Jean Fabre）也认为，奇幻小说就是要"先把人安置于熟悉的现实环境中，然后再引入无法解释的事件，以此惊扰他"（Fabre，1992：102），即作品中先展现出普通秩序与日常规则，再在此基础上引入古怪事物。在奇幻试图撕裂并颠覆现实的过程中，奇幻与现实共存并相互抗衡，正是这种抗衡支撑着奇幻文本。对此我们将在"奇幻与现实的抗衡"这一节中进行详细分析。

奇幻小说的第三个特点是，奇幻与现实共存并相互抗衡，这使奇幻具有使人犹疑的属性。奇幻小说叙事常被称为"不确定的诗学"

（Bessière，1974：5）。托多罗夫更是把奇幻限定在犹疑的时刻当中。他认为，"一个奇异现象有两种解释方式：一种是自然原因，另一种是超自然原因。在两种原因间的犹疑的可能性催生了奇幻效果……奇幻占据着这不确定的时刻"（Todorov，1970：29）。我们固然不能把奇幻等同于犹疑，但不可否认，奇幻依赖于犹疑。贝勒曼-诺埃尔认为，"奇幻依赖于模棱两可。这体现在几个层次上：就奇幻自身来说，现实和想象相遇甚至互相感染；此外，和其他很多小说不同，它并不要求为神秘找到任何解释，它甚至拒绝理性的或专门的答案"（Bellemin-Noël，1973：339）。也就是说，现实和奇幻、自然和超自然共存并相互融合，奇幻故事中的人物在现实与奇幻之间犹豫不决，而读者则在理性解释和非理性解释之间犹豫不决，正是这种犹豫不决催生了奇幻效果。正是因为奇幻依赖于犹疑，所以奇幻作家主动地制造犹疑甚至扩大犹疑。让-保罗·萨特（Jean-Paul Sartre）指出："叙述者极尽客观地讲述一桩令人不安的事件，他为实证主义留了一线希望：不管事件多么离奇，它仍然包含一个合理的解释。作者寻求并找到这个解释，再光明正大地向我们展示这个解释。但作者马上又运用艺术使我们估量这个解释的不足和轻率。不多不少：小说以疑问结束。"（Sartre，1972：127）

奇幻小说的第四个特点是，奇幻小说催生恐惧。路易·瓦克斯把奇幻称为"与恐惧进行的游戏"（Vax，1961：322）。说到恐惧，我们先试着回答一个问题：奇幻小说中的人物在奇幻事件面前产生的恐惧与奇幻小说的读者在阅读过程中产生的恐惧是不是同一种恐惧？读者是不是在完全体验着人物的恐惧？为了回答这个问题，我们要区分一组概念，即"自然的奇幻"（fantastique naturel）和"艺术的奇幻"（fantastique artistique）。"自然的奇幻"即现实中奇幻的、令人恐惧的东西，"艺术的奇幻"又被称为"人造的奇幻"，是艺术或文学作品中创造的奇幻的、令人恐惧的东西。在瓦克斯看来,这是一组应该明确区分开的概念。艺术的奇幻从自然的奇幻中借鉴主题,但是这种联系不应该掩盖它们之间本质的不同。自然的奇幻使我们产生真实的感觉、生理上的不适和迷信的恐惧,艺术的奇幻则不会使我们产生单纯的生理上的恐惧,而是产生一种与恐惧结合的精神上的美学享受,"恐惧不再攫住我们的喉咙,它满足于为艺术作品增添一丝风味、一缕芳香和一抹新的色调"(Vax,1961:320)。

奇幻作品中的主人公感受到的恐惧来自对他来说发生在他身处的世界当中的"自然的奇幻",这种恐惧可以来自众多奇幻元素。恐怖的环境、现身的魔鬼、看不见的幽灵、死而复生的人等,都能令主人公感到生理上的恐惧。与作品中的主人公不同,读者感受到的是艺术作品中"人造的奇幻"带来的审美上的恐惧。这种恐惧不同于单一的、强烈的生理上的恐惧。事实上,如果奇幻小说为读者带来了真正的恐惧而不是审美体验,那么它很可能就此失去自己的艺术特质。托马斯·欧文时常被贴上"恐怖先生托马斯·欧文"(Thomas Owen—la peur)的标签,但他本人对此却并不认同,在他看来,"我不想制造恐惧,我想要扰乱平静,想要腐化安宁的氛围。如果我坚定地谋求恐惧,人们很可能会直接合上书本"(Soncini & Owen,1983:32)。单纯的恐惧无法吸引读者,"艺术的奇幻"带来的恐惧感受应该是复杂的。路易·瓦克斯认为:"我们说奇幻艺术是我们与恐惧进行的游戏。我们还应该加上:奇幻艺术是我们与奇特、离奇、古怪、可怕甚至恶心进行的游戏。奇幻艺术因此是伴随着威胁我们智力或情感安逸的感受的。这些情感使我们感到恐惧,但同时也使我们着迷。它们是具有双重性的。"(Vax,1961:322)因此,我们找到了上文中所提出问题的答案:奇幻小说或许在某些时刻会使读者感受到主人公的恐惧,但它不会仅仅使读者感到主人公体会到的生理上的真实的恐惧,而是会使读者在理智与情感上获得一种复杂的感受,并由此获得一种审美感受。

总的来说,奇幻小说的基本特点有四个:首先,奇幻小说以现实世界为基本框架;其次,奇幻小说在制造真实后撕裂甚至颠覆现实,在现实框架内上演难以解释的事件;再次,奇幻小说中的人物在现实与奇幻之间犹豫不决,读者在理性解释和非理性解释之间犹豫不决;最后,奇幻小说中的主人公感受到生理的恐惧,而奇幻小说的读者感受到审美上的恐惧。这四个特点有助于我们归纳奇幻小说的基本概念,我们在此可以将其归纳为:难以解释的离奇现象在现实世界的框架内上演,既可以由现实因素(梦境、幻觉、臆想等)解释,也可以由奇幻因素(幽灵、鬼魂、魔鬼、秘术、二重身等)解释,从而使主人公与读者徘徊在理性与非理性之间,并催生恐惧与焦虑。大部分奇幻小说满足以上的基本特点与基本概念,但由于奇幻作品具有多样性和不规则性,因此某些作品只满足部分的基本特点,但奇幻小说的基本概念仍然适用于大部分奇幻作品。

第三节　奇幻与现实的抗衡

一、奇幻的构建过程

奇幻小说总是需要先构建现实,但是它不可能一直停留在现实之中,否则它就不是奇幻小说,而是现实主义小说了。因此,奇幻小说必须构建奇幻。这意味着奇幻与现实必须互相抗衡,即奇幻必须违抗自然法则,跨越现实边界并在现实中制造缺口。事实上,奇幻的构建依赖于现实和奇幻、自然和超自然、理性和非理性之间的抗衡。罗歇·凯卢瓦认为,"严格意义上的'奇想'文学所表现的是一种怪异的冲突,这一冲突发生在现实与非现实之间,在同一部作品中,现实与超现实违背自然法则而并存,使作品变得扑朔迷离"(Caillois,1965:161)。法国文学评论家伊雷娜·贝西埃认为,奇幻是现实秩序和奇幻秩序之间的矛盾。她在批评茨维坦·托多罗夫提出的奇幻产生自犹疑这一观点时指出:"托多罗夫没有意识到超自然事件在奇幻文本中引入了另一种可能的秩序,但这秩序和自然秩序一样并不完全恰当。奇幻并不产生于读者在两种秩序之间的犹疑之中,而是产生于它们之间的矛盾以及相互间隐性的排斥。"(Bessière,1974:56-57)也就是说,奇幻小说首先在文章中描绘了现实世界并建立了自然秩序,无法解释的事件(或者说奇幻事件)不断试图在现实中建立起奇幻秩序,这就意味着要强力冲击自然秩序,但自然秩序并不轻易让步,而是试图维持自己的统治地位,于是势均力敌的两者共同存在、互相排斥并互相竞争。贝西埃进一步解释道:"它(奇幻)和现实进行着游戏,甚至于它将奇异等同于对同一性的撕裂,将不寻常的表现等同于异质的表现,总是被认为是有组织的,是遵循着隐秘而陌生的逻辑的。"(Bessière,1974:23)奇幻和现实的对抗并不是毫无章法、非理性的,因此奇幻在现实中的构建并不是非理性的,而是遵循着某种循序渐进的逻辑;从某种程度上说,奇幻的构建是理性的。

我们接下来研究奇幻是如何构建的。既然奇幻和现实总是结对出现并且是互相制约的,那么奇幻的构建肯定离不开现实。我们从两者的关系入手来探究奇幻的构建。大体上看,奇幻的效果在开篇几乎是不可见的,但随着情节的发展,奇幻的效果逐渐增强,并且在某一时刻达到顶点;而现实的效果在开篇总是占据着统帅地位,随后现实的效果慢慢被奇幻动摇和减弱,并且在奇幻达到顶点时相应地降落到了最低点。有些文本在奇幻达到制高点后戛然而止;但在大多数文本中,奇幻在达到巅峰后逐渐下降,而现实则慢慢回升,两者最终慢慢接近持平状态。在奇幻和现实的力量对比的变化过程中,作品的发展大体可以被分为三个阶段:奇幻的端倪、奇幻的显露以及奇幻与现实的相对平衡,如图 1-1 所示。

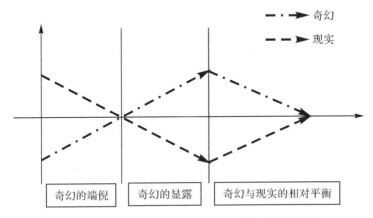

图 1-1　奇幻与现实的力量对比以及奇幻的构建阶段

在"奇幻的端倪"这一阶段中,现实的框架被构建起来,似乎一切都在说明我们处在现实生活之中,但同时现实环境不断恶化,种种细节暗示着异常即将降临。在"奇幻的显露"这一阶段中,无法解释的现象似乎正在上演,但似乎又能找出符合理性的解释,然而在某一时刻,现实规则彻底被逾越,人们在这一短暂时刻很难否认奇幻的出现。在"奇幻与现实的相对平衡"这一阶段中,现实效果重现,而奇幻效果逐渐减弱,两者趋于平衡或者其中一方略微更强,但总是使主人公与读者在现实与奇幻之间左右摇摆、难以抉择。

二、奇幻构建过程的范例——《雾》

我们以比利时奇幻作家米歇尔·德·盖尔迪罗德的短篇小说《雾》(«Brouillard»)为例,剖析奇幻的构建过程。小说中的主人公从幼年起经常出现幻听。某天傍晚,他在回家的途中偶遇大雾,感受到有人一路紧紧追随。他选择走小路,却仍未摆脱这个神秘存在。他跑回家中,把神秘人关在大门外,躺在床上无法入睡,感到自己似乎在发热,迷糊中看到自己被无数的向他低声倾诉的人嘴所包围,这一切在日出之际消失。

在第一阶段中,作者首先构建了温馨的现实世界,主人公从办公室出来,看见行人在街头散步,"家长拉着孩子走向商店的橱窗,或者抱起孩子,让孩子能穿过人海看见橱窗里穿着圣诞老人衣服、长着白色胡须的机器人"(Ghelderode,2001:167)。但突然间,"空气凝固不动,弥漫着雾气,预示着天气的变动"(Ghelderode,2001:167),大雾逐渐把主人公完全包围,甚至好像"人类的生命从这个角落中消失了"(Ghelderode,2001:170),环境显示出异常,奇幻逐渐显露痕迹。同时,主人公总能听见神秘人的耳语,这似乎既符合人们幻听的现实,又是对现实的某种偏离或者是现实即将偏离的征兆,隐匿于现实中的奇幻初现端倪。

在第二阶段中,奇幻事件侵入现实,现实法则被打破。主人公在床上陷入昏睡,当他睁开眼睛时,他发现房间内明亮得如同黎明到来,房间里的窗户闪闪发光。他感到自己的思绪离开了肉体,看见窗户上出现了无数的说话的嘴,这些嘴先是属于天使的,随后是属于恶魔的……主人公在面对彻底颠覆了现实的奇幻现象时完全接受了这桩奇幻事件,认为嘴的出现是为了传递某些信息:"我不试图查证我是否处在睡梦中,我简单地接受了这奇幻事件。我是在做梦还是遭遇了真正的出神有什么重要呢!我的思绪集中在一个本质问题上:这些嘴是否在向我传达一个我尚未能理解的信息?"(Ghelderode,2001:175)在这一阶段中,奇幻完全颠覆了现实,奇幻的存在此刻难以被否认。

在第三阶段中,奇幻现象消失,一切恢复平静后,主人公得知一位友人去世的消息,尽管他认为这位友人早在 20 年前就在精神上死亡了。他觉得之前见到的嘴实际上是在传递这一死讯。然而,嘴传递信息这一奇幻解释并没有排除现实解释的可能性。主人公在描述这段经历时多次提到"发热"(Ghelderode,2001:174),难以解释的现象或许是发热引起的幻觉。因此,在奇幻现象消失后,一切重新归于现实,主人公和读者都无从得知引发这现象的究竟是奇幻因素还是现实因素。

尽管奇幻与现实的抗衡是必然的,但两者的抗衡方式与力量对比变化不是固定的。因此,奇幻的端倪、奇幻的显露以及奇幻与现实的相对平衡这三个阶段在奇幻作品中并不一定遵照严格的顺序,它们可能互相穿插与交错,且每个阶段的具体特点在每部作品中也不尽相同,但大体上它们遵循着与上述模式相类似的模式。

在后面的研究中,我们将通过奇幻的端倪、奇幻的显露、奇幻与现实的相对平衡这三个阶段来研究奇幻小说中奇幻世界的构建,并以此分析奇幻小说——尤其是比利时法语奇幻小说的基本特点。在研究正式开始前,我们先对比利时奇幻小说的概况进行梳理。

第二章 比利时奇幻小说的概况

　　比利时虽不是欧洲大国,却创造了属于自己的文学财富,比利时文学在世界文学中占据了不可忽视的地位。比利时文学由法语文学和弗拉芒文学组成,比利时法语文学早在中世纪便已在比利时南部诞生,自 1830 年比利时独立后法语文学经历了浪漫主义、现实主义和象征主义时期,在 20 世纪初期比利时形成了独特的"副文学"(paralittérature)①,包括奇幻小说、警察小说与连环画。比利时法语文学中的奇幻小说虽然属于"副文学"的范畴,却并不处在比利时文学的边缘地带。比利时作家对于奇幻主义有一种天然的倾向与偏好,比利时法语区民众以拥有一种充满生机与活力的文学而自豪。奇幻小说是比利时文学的重要标志,是比利时人引以为傲的独特存在。然而,目前国内对法语奇幻小说的研究多集中于法国奇幻小说,而比利时奇幻小说仍是一个等待研究的领域。本章对比利时的国情进行概述,分析比利时特有的民族与语言矛盾,以及历史赋予其的与生俱来的分裂属性,随后从比利时特有的自然环境、社会历史环境和文化环

---

　　① "副文学"通常被认为是一种处于文学边缘的、低等的、从属的文学,主要包括奇幻小说、警察小说、侦探小说、科幻小说、惊悚小说、连环画等。

境引发的反抗精神和比利时文学积淀这两方面出发，分析比利时奇幻小说诞生的原因，并对比利时奇幻小说的诞生和发展过程进行探究。

第一节　比利时概况

比利时奇幻小说的诞生与发展充满特色，这与比利时的整体环境有密不可分的关系。因此，要研究比利时奇幻小说，我们需要先对比利时的概况有一定的了解。比利时位于欧洲西北部，南部和西部与法国接壤，东部与德国和卢森堡接壤，北部与荷兰相邻。比利时西北部为平原，中部为丘陵，东南部为高原，地势西北低东南高。比利时西北部临北海，处于中纬度地区，属于温带海洋性气候，气候温和湿润，四季多雨，冬季潮湿多雾，夏季清凉。比利时的行政分区较为复杂，行政区域被划分为三个：北部荷兰语居民聚集的弗拉芒大区（Flandre）、南部法语居民聚集的瓦隆大区（Wallonie）、中部偏北的双语（法语和荷兰语）的布鲁塞尔首都大区（Bruxelles）。弗拉芒和瓦隆两大区各下辖五个省（马胜利，2004：1-5）。

比利时有四种主要语言，分别是法语、弗拉芒语（一种荷兰南部语言）、德语以及英语。在比利时，英语是因国际化需要而产生的语言，在日常生活中实际使用较少。法语区与弗拉芒语区的边界与行政区域边界存在很大部分的重合，北部的弗拉芒大区主要讲弗拉芒语，南部的瓦隆大区主要讲法语，布鲁塞尔首都大区主要讲弗拉芒语和法语两种语言，东部靠近德国的小部分地区讲德语。以语言为划分标准，比利时居民主要可以被划分为弗拉芒人（Flamand）和瓦隆人（Wallon），弗拉芒人的数量与瓦隆人的数量之比大约是2：1，此外还有极少数讲德语的日耳曼人（Germain）（马胜利，2004：11-19）。

　　语言问题是比利时特有的问题,在全欧洲乃至全世界都显得极为特殊,语言的纠纷经常导致国家与社会出现动荡。自比利时于1830年独立以来,由于南方经济的发展速度快于北方,且南方的瓦隆人在政府部门中的人数大大多于北方的弗拉芒人,因此法语是当时比利时唯一的官方语言,比利时的精英人士和上层人士都讲法语。不满的弗拉芒人从1835年开始发起了一场弗拉芒运动(Mouvement flamand),旨在使弗拉芒语同法语一样,成为比利时的官方语言。经过60多年的努力,弗拉芒语终于在1898年成为比利时的官方语言。从此,比利时的官方语言为法语和弗拉芒语两种语言,这两种语言在社会中基本呈现出均衡使用的局面。但弗拉芒人和瓦隆人之间不同的发展方式和不同的文化属性使两者难以融合,因此他们之间长期的竞争、不和与矛盾并没有消失,民族和语言矛盾仍是比利时的敏感问题(马胜利,2004:11-19)。

　　谈到比利时的民族和语言矛盾,就不得不提及比利时曲折的历史。比利时与生俱来就有分裂的属性。古代时期,今比利时境内居住着比利时人的祖先,也就是凯尔特人(Celtes)。公元前57年到公元前51年,尤利乌斯·恺撒(Jules César)征服了比利时,将其作为罗马帝国(Empire romain)的行省,命名为贝尔吉卡(Belgica)行省,并把这里的居民命名为“比利时人”(Belges)。自公元4世纪起,比利时被法兰克人(Francs)占领,从此成为法兰克王国(Royaumes francs)的一部分。法兰克王国的查理大帝(Charlemagne)于公元814年去世后,王国陷入混乱。公元843年,查理大帝的三个孙子签署了《凡尔登条约》(Traité de Verdun),把王国划分为西法兰克王国(Francie occidentale)①、中法兰克王国(Francie médiane)和东法兰克王国

---

① 西法兰克王国是法国的雏形。

(Francie orientale)①。中法兰克王国的国王洛泰尔一世(Lothaire)去世后，东、西两个法兰克王国瓜分了中法兰克王国的大部分地区(比利时西部归属西法兰克，东部归属东法兰克)，比利时分裂成众多诸侯国。1384年，比利时弗拉芒地区归属勃艮第公国(Bourgogne)，各诸侯国逐渐并入勃艮第，比利时逐渐统一。1477年，勃艮第公爵"大胆查理"(Charles le Téméraire)②的专制引发反抗，其女与德意志皇帝之子马克西米利安(Maximilian)联姻，比利时所属的勃艮第开始由哈布斯堡(Habsbourg)家族统治。1495年，哈布斯堡家族又与西班牙的卡斯蒂利亚(Castille)王室联姻，比利时、荷兰与卢森堡一起组成了尼德兰，由西班牙统治。由于西班牙的专制统治以及对新教徒的迫害，尼德兰北部各省开始武装起义，比利时所属的尼德兰南部各省也加入了起义。1713年，根据《乌特勒支合约》(Traité d'Utrecht)，南部尼德兰各省(含比利时)从由西班牙统治改为由奥地利的哈布斯堡家族统治。法国大革命后，奥地利被拿破仑(Napoléon)打败，奥地利被迫把比利时割让给法国。1815年，拿破仑在滑铁卢战役(Bataille de Waterlo)中失败后，维也纳会议(Congrès de Vienne)决定把比利时交由荷兰统治。强行合并引发了比利时人对列强与荷兰统治者的不满。1830年，受法国大革命的影响，比利时人在布鲁塞尔起义，推翻了荷兰的统治，取得了比利时的独立。20世纪初，第一次世界大战爆发后，虽然比利时奉行中立的外交政策，但德国军队仍然把比利时作为进攻目标，比利时的顽强抵抗未能奏效，德国占领了比利时。1918年第一次世界大战结束后，比利时恢复独立。1940年，法西斯德国武装入侵比利时，比利时在进行了短暂的抵抗后丧失了独立地位，法西斯德国占

---

① 东法兰克王国是德国的雏形。

② "大胆查理"也可译作"莽撞查理"或"勇士查理"，以评价他在1477年南锡战役(Bataille de Nancy)鲁莽战死的遗憾。

领比利时长达 4 年时间。1944 年比利时终于获得解放(马胜利,2004:50-58)。

比利时的历史过于复杂而曲折。总的来说,由于比利时面积较小,又缺乏与外界明显的地缘阻隔,因此它很容易成为周边强权的一部分,先后由勃艮第、西班牙、奥地利、法国和荷兰统治。在比利时独立之前的这段历史中,法国和荷兰都对它有着深远的影响,这造成了它与生俱来的多元属性。同时,比利时缺乏连贯的历史,这也必然导致比利时人民族身份的模糊与民族归属感的缺失。历史的缺失与语言的分裂一直是比利时难以治愈的伤痛,然而这也为奇幻小说的诞生提供了得天独厚的条件。

第二节　比利时奇幻小说诞生的原因

文学的诞生不是孤立的,而是需要从自然环境、国家历史、社会环境和文学传统中汲取养分,比利时奇幻小说也不例外。它根植于比利时,其诞生离不开比利时特有的自然环境、社会历史环境与文学环境。这种大环境赋予了比利时作家独特的精神特质,为比利时奇幻小说的诞生构建了精神内核,即"反抗",反抗平庸、反抗虚无和反抗文化依附。

人们通常认为,比利时阴郁而奇异的自然环境对奇幻小说的诞生具有不容忽视的影响。比利时地处中纬度大陆西部,为海洋性温带阔叶林气候,冬季潮湿多雾。比利时森林面积广阔,森林覆盖率高,常见阴郁的杨树矗立云下,幽灵般的柳树被截去树梢,比利时似乎成了布满幽灵和阴影的阴郁国家。这种自然环境也使弗拉芒人偏爱怪诞风格与巴洛克风格,使比利时人具有热爱想象、探寻惊奇的传统,这种传统在比利时充满惊奇与怪物的绘画传统中很好地体现了出来。

比利时法语作家让-巴蒂斯特·巴罗尼安则从另一个维度出发，把奇幻小说与比利时的自然景观联系起来。他认为，奇幻小说产生的原因不是比利时自然环境的阴郁与奇异，而是环境的平庸。他指出："比利时奇幻主义产生的原因之一很可能与之（自然景观）有关。但和我们设想的相反，我们不应该将其归因于弗兰德区或瓦隆区的某些奇异自然景观，或归因于不大可能出现的多雨与多雾的地理特征，而是应该归因于比利时的景观恰好如同凝固一般，永远相同，甚至使人安心，几乎过于规矩、过于温顺。"（Baronian，1975：8）比利时的自然世界循规蹈矩，似乎永远不会发生变化，而社会生活同样是平凡无常、平庸无奇的。在巴罗尼安看来，奇幻小说的诞生正是源于对平庸世界的反抗："奇幻主义等同于一场反抗，一声绝妙的反对的大喊——是一种挑衅既定秩序的至高无上权力、推翻过度合理性和常识的愿望和意志。"（Baronian，1975：8）它在平庸的现实世界中制造缺口、扭曲和失衡，在真实世界中引入无法解释的现象来打破常规，让人们隐约看见一个非真实与真实交织的空间。

除了自然环境，历史和社会情况也对比利时奇幻小说的诞生产生了巨大的影响。比利时这个国家因凯尔特族比利时部落而得名，"比利时"在凯尔特族中有"勇敢尚武"之意（马胜利，2004：1）。在比利时神话中，比利时拥有英勇、辉煌、统一的历史，比利时是坚强的、拥有巨大影响力的国家，然而现实却不尽如人意。比利时具有复杂的历史和社会环境，它经过坎坷的过程才得以独立，且国家内部存在两大民族、两种文化，这使得比利时作家在当时的历史、社会与文化中处于近乎虚无的状态。

从历史上看，19世纪初，欧洲各国在欧洲大陆上争夺国土，比利时是国土瓜分后余留的地区，它被认为是一个人为制造的国家。比利时曾长期被西班牙、奥地利和法国统治,1815 年被并入荷兰,直到1830 年才经过革命宣告独立。比利时含混不清的诞生情况与长期被占领的经历使比利时人缺乏连贯的民族身份。

从社会情况来看,比利时长期存在着民族和语言纠纷。比利时主体民族由弗拉芒人和瓦隆人组成,讲法语的瓦隆人居住在比利时南部的瓦隆区,讲荷兰语的弗拉芒人居住在北部的弗兰德区,一条语言分界线把国家一分为二,两个民族之间巨大的差别和难以逾越的鸿沟导致社会冲突不断。上流社会与资产阶级多使用法语,法语在比利时的优势地位使得许多母语是荷兰语的弗拉芒作家选择用法语写作。"作家应该热切地喜爱自己写作的语言"(Biron,1993:82),但大多数弗拉芒作家并不爱他们用来写作的法语,因为这种语言对他们来说是陌生的。母语与写作语言之间的沟壑更使一些比利时作家无法拥有完整一致的民族身份,这剥夺了他们的统一感和归属感。残酷的社会历史现实使比利时作家在历史、国家、社会与语言中都处于边缘化状态,缺乏现实的有力支撑,缺乏完整的国家文化,他们的存在似乎已经成了问题。

然而,比利时作家并没有在历史和社会现实面前低头,否认自己的存在,而是选择在写作中与现实保持一定的距离,在写作中创造远离社会冲突和政治冲突的世界,创造一个自己能够把控的新的文学世界。奇幻主义诞生于这种去历史化、去现实化的反抗潮流之中。奇幻小说自诞生以来体现的核心问题就是:我是谁?我面对的是谁?我在这个世界中处于什么位置?我如何把自己与他人区分开来?可见,比利时奇幻主义作家从未放弃自己的寻根之旅,他们渴望在奇幻作品中通过"另一个世界"和"另一个我"等主题来寻求身份归属的终极答案。

催生比利时奇幻主义的最后一个因素是对文化依附的反抗。在文化上,巴黎一直对比利时起着巨大的吸引作用,比利时长期依附于法国文化和文学传统。大多数比利时作家要么难以在文学界出名,要么被看作法国人,比利时文学长期处于法国文学的压制下,难以与之进行竞争,更难以获得成功。在比利时文学的"向心"时期(1830—1919),比利时作家努力打造民族文化,在文学上取得了一定的进步。但经过第一次世界大战,比利时遭受了战争的不幸,民众开始倾向于否定自我,文学越来越无法挽回地和以前的传统割裂,比利时文学进入"离心"时期(1920—1960)。这时出现了两种趋势:一种是向巴黎潮流开放,寻求同化与认同;另一种则"以好斗的方式,证明自己在法国之外的存在"(尼古拉依,1993:105)。作家们另辟蹊径,尝试发展被巴黎轻视的副文类(包括奇幻小说、警察小说和漫画等)。在这种"离心"趋势的引领之下,大胆并且充满野心的奇幻主义作家大力发展与法国严谨理性特点相反的大胆惊奇的奇幻小说,尝试在法国不重视的文学领域中取得成就,在文坛中为比利时文学争得一席之地。

概括来说,一成不变的自然风景与生活环境引发了平庸之感,比利时历史发展的曲折与国家内部两种民族文化的隔阂使比利时人面临民族身份的虚无,对法国的文化依附使比利时文化长期处于劣势。面对这种情形,比利时的奇幻主义作家并未选择放弃或顺从,而是选择反抗,通过奇幻小说来否定自身的虚无,寻找民族身份,打破平庸的生活,寻求文学发展的突破口。因此,"比利时奇幻主义文学是一种对抗的奇幻文学"(Baronian,1975:8)。

第三节　比利时奇幻小说的文学土壤

在从自然环境、国家历史、社会环境以及文化传统方面分析完比利时奇幻小说诞生的原因后,我们从文学发展的角度分析比利时奇幻小说的产生。

比利时长期处于异族统治之下,这一特殊情况使比利时民族文学直到 1830 年国家独立后才真正得以发展。比利时独立后,比利时文学出现了浪漫主义运动,而随着工人运动的兴起,比利时文学于 1850 年到 1880 年逐渐进入现实主义时期。马克斯·瓦莱(Max Waller)于 1880 年创办的《年轻的比利时》(*La jeune Belgique*)杂志标志着比利时法语文学的诞生,一批作家被迅速聚集,比利时作家开始展现出创造比利时法语文学的意愿。随后,埃德蒙·皮卡尔(Edmond Picard)创立的提倡民族性的《现代艺术》(*L'art moderne*)杂志和阿尔贝·莫克尔(Albert Mockel)创立的鼓励象征主义和自由诗的《瓦隆区》(*La Wallonie*)杂志继续聚集大批作家,促使比利时文学意识开始觉醒,象征主义与"地方派"小说开始发展(Baronian,2007:220)。

象征主义与现实主义这两种不同的文学趋势在不同程度上展现出了奇特和怪异的特点,为奇幻小说的迅速发展孕育了肥沃的土壤。比利时文学在 1880 年到 1890 年间进入象征主义时期,象征主义为比利时的法语文学注入了活力,激发了广大读者的浓厚兴趣。象征主义有意识地拒绝描绘常规化的平凡生活,拒绝构建当下可悲的现实世界,它"贴近非现实和纯粹的超自然,通过难以察觉的类比,渗透到阴暗与光明的地带,在这些地带中现实的根基没有被损伤,但现实却或多或少被置于险境"(Baronian,2007:221)。象征主义中的每一个小细节都宣告、预示甚至加速了显而易见的事物的坍塌，比喻、暗示和梦境的使用则使现实蒙上了一抹浓厚的奇幻色彩。当时有两位具有代表性的象征主义作家。一位是莫里斯·梅特林克（Maurice Maeterlink），他拒绝平庸，拒绝塑造客观现实，选择在现实中展现神秘的世界法则，其象征主义作品徘徊在非现实与超自然的边缘，摸索超乎现实世界的虚无境地，探寻生与死的交流，一切皆是暗示。他的作品，如《陌生旅馆》（*L'Hôtel inconnu*，1917）、《屠杀无辜者》（*Le massacre des innocents*，1918）、《梦学》（*Onirologie*，1918）、《宇宙中的生命》（*La vie de l'espace*，1928）、《巨大仙境》（*La grande féerie*，1929）等，充满了谜团与神秘，弥漫着焦虑与忧愁，提供了似是而非的答案，拨动着读者的神经。奇幻色彩在他的戏剧作品"小死亡三部曲"（《Petite trilogie de la mort》，1891）中尤其明显。主人公是一位年迈的盲人，他因失去视力而具有天生的直觉，能读懂树木发出的沙沙声，读懂鸟儿和天鹅的沉默，读懂吹进房间的寒风的意味，他通过种种暗示推断出死亡将降临在他女儿的头上。作品中的死亡、神秘法则和秘术等传统奇幻元素营造出了神秘的奇幻氛围。另一位是乔治·罗登巴赫（Georges Rodenbach），他于 1892 年创作了小说《死城布鲁日》（*Bruges-la-Morte*，1892）。[①] 主人公于格（Hugues）在妻子死后选择到布鲁日定居，布鲁日死城的气息便于他怀念亡妻，甚至于整个城市仿佛就是他的亡妻。直到有一天，他遇见与亡妻一模一样的女子雅内（Jane），他不断把雅内与亡妻进行对比。当雅内玩弄被于格视为圣物的亡妻的金发时，于格便用金发把她勒死了。罗登巴赫将地方色彩和颓废美学相结合，呈现了布鲁日的死水、黄昏、贝居安女修会（Béguinage）、宗教游行队伍。他的作品中出现了二重身、彼世、圣物

---

① *Bruges-la-Morte* 除了被译为《死城布鲁日》，有时也被译为《亡妻》。

和死亡等传统奇幻元素,现实不可避免地断裂。《死城布鲁日》透露出浓厚的奇幻色彩,但它并不是一部严格意义上的奇幻小说。作家的意图并不是奇幻主义创作,且作品没有构建现实世界,全然不关注与人相关的东西。象征主义勾勒出了奇异而新颖的文学气氛,为真正意义上的奇幻主义的诞生奠定了文学基础。

在象征主义发展的同时,1880 年左右,地区文学在现实主义的基础上开始发展。比利时的地区文学并不局限于反映现实生活,它常常体现地方特色或传说,包括精神控制、迷信的村民和习俗、荒唐的行为、骇人的怪物、土法接骨的医生、巫师、祛邪者等。当现实主义过于夸张时便走到了奇幻的边缘,将奇幻与现实生活结合到了一起。现实主义作家乔治·埃克豪德(Georges Eekhoud)的作品多是体现巴洛克风格和表现主义的经典之作,初步体现出了奇幻色彩。他从现实出发,常以其故乡安特卫普(Anvers)为背景,主人公多是流浪汉、农民、亡命之徒等,但他喜欢以专注而犀利的目光密切地注视现实,直到穿透现实,如同在现实世界之外还存在另一个极致的真实世界。他的作品在走向极端现实主义的过程中展现出奇幻色彩,作品中时而会出现不符合常理的时刻、场面与行为。其具有代表性的小说集《绞架集》(*Cycles patibulaires*,1892)中的《磨坊时钟》(« Le moulin-horloge »)和《爬行的十字架》(« Croix processionnaires »)都体现出了奇幻色彩。在《磨坊时钟》中,主人公家乡的磨坊与时钟融为一体,主人公在参观磨坊时突然对碾磨机产生了浓厚的同情,自此他认为面包沾染了泪水和汗水的味道,所有钟表时间都不再准确。主人公陷入混乱,如同沉船一般失去控制。主人公对碾磨机产生同情,这形成了无法解释的事件,他陷入混乱的原因读者也不得而知。在《爬行的十字架》中,作者提到了当地关于十字架的神话,牧羊人曾见过十字架在夜色中飞快地蹦跳和翻滚,神秘事件原因不详,当地居民认为是埋在地下的亡灵在交流,亡灵们通过恶魔之力自行移动十字架。埃克豪德于 1920 年完成了他唯一的一篇严格意义上的奇幻小说——《卢塞恩桥的骷髅舞》(« La danse macabre du pont de lucerne »),小说围绕爱情与诅咒的主题,讲述一位年轻画家爱慕已经订了婚的富家小姐,在偶然获得恶魔的力量后,通过壁画诅咒情敌的奇幻故事。

比利时的象征主义文学与现实主义文学在发展过程中体现出的奇幻色彩无疑为奇幻小说的兴起提供了文学土壤。同时,两种文学本身的特点对于奇幻主义的诞生也有着必不可少的功劳:没有现实描写,奇幻小说赖以生存的现实世界框架将不复存在;没有象征、想象和梦境,奇幻小说中的奇幻将缺乏养分。

第四节　比利时奇幻小说的诞生

现实社会催生的反抗精神为奇幻小说的诞生提供了精神动力,而象征主义和现实主义的发展为奇幻小说奠定了文学基础。20 世纪初,弗朗斯·海伦斯和让·雷两位作家推动了奇幻小说的诞生。

海伦斯是比利时诗人、小说家、文学评论家,发表过 100 多部丰富多样的作品,曾四次获诺贝尔文学奖提名。他是比利时奇幻小说的代表作家之一,同时是《法国和比利时信号》(*Signaux de France et de Belgique*)杂志①的创始人与主编,这本杂志对比利时的文学生活产生了重大的影响。

海伦斯在试图出版一部十四行诗文集但遭遇失败后,于 1900 年

---

① 《法国和比利时信号》杂志由布鲁塞尔的弗朗斯·海伦斯和巴黎的安德烈·萨尔蒙(André Salmon)于 1921 年共同创办,共出版了 11 期。随后改名为《绿色唱片》(*Le disque vert*)杂志,由弗朗斯·海伦斯负责。

进入根特大学(Université de Gand)学习法律。在获得学位后,他放弃从事法律职业,而是选择继续写作,并从 1906 年开始担任图书管理员。此后,他陆续发表了小说《在死城》(*En ville morte*,1906),以及两部短篇小说集——《风外者》(*Les hors-le-vent*,1909)和《潜藏的启示》(*Les clartés latentes*,1912),作品体现出了古典主义和象征主义色彩。第一次世界大战爆发后,海伦斯前往法国的蓝色海岸(Côte d'Azur),在那里他遇到了众多知名的艺术家与作家。在地中海地区的蓝色海岸度过五年时光后,他的创作开始转向超现实主义,以展现梦中的冒险为主。他的作品体现出两个极端,即现实与梦幻,他开始把这两者交织在一起,进行奇幻主义写作。他于 1920 年从蓝色海岸返回布鲁塞尔,同年创作了奇幻小说《梅吕辛娜》(*Mélusine*,1920)。他的奇幻主义作品还包括此后创作的《荒诞的现实》(*Réalités fantastiques*,1923)、《新荒诞的现实》(*Nouvelles réalités fantastiques*,1943)、《活幽灵》(*Fantômes vivants*,1944)和《世界的最后一天》(*Le dernier jour du monde*,1967)等。从其文集名称——《荒诞的现实》与《新荒诞的现实》中,我们不难看出海伦斯意在指出其作品的奇幻属性。

海伦斯展现的是一种现实主义的奇幻主义,即"奇幻的现实"(Baronian,2007:225),也就是说,现实从本质上说也可以是奇幻的。他细致地刻画现实生活中的物品,每一处微小的细节都展现出世界的无限性与神秘性,展现出肉眼可见的世界存在的另一面,日常现实由此转化为奇幻。同时,海伦斯的奇幻很少产生于怪异的行为、可怕的事件或惊恐的感受,奇幻很多时候来自人类自身。受到现实主义的指引,海伦斯在描绘人类日常行动、话语、冲动和疯癫的同时,如同心理学家一般关注感受、激情和人类内心的挣扎,探寻人类灵魂深处被掩盖的秘密。海伦斯虽然被认为是比利时奇幻作家的先驱之一,但他的作品的题材并不局限于奇幻主义,且他的奇幻主义向魔幻现实主义倾斜,通过奇幻探寻生活真谛,旨在展现唯一的现实世界,因此他的作品仍不能被称为完全意义上的奇幻小说。

　　另一位比利时奇幻小说的先驱——让·雷是比利时知名的双语作家,他主要致力于奇幻小说创作,被誉为"比利时奇幻大师"。他于1910年至1919年在市政府机构工作,其间他在机构中众多不同的岗位上工作过。与此同时,他广泛地参与市民生活,从1910年开始创作歌词,正是在这个过程中他于1912年首次使用了让·雷这个笔名。离开政府后他开始创作奇幻小说,于1920年加入《根特杂志》(*Journal de Gant*)并从1923年开始主编《书友》(*L'ami du livre*)杂志。他在《书友》杂志上发表的奇幻短篇小说被收录进了他于1925年出版的第一本小说集《威士忌的故事》(*Les contes du whisky*,1925)。由于经营杂志带来的收入并不多,同时也出于使自己的作品在法国获得认可的雄心壮志,让·雷前往巴黎,试图结识文学界的朋友。1926年3月8日,让·雷被捕并被指控犯有欺诈罪,因此被判处六年的有期徒刑,最终于1929年2月1日被释放。他在狱中尝试和几家报纸与杂志进行合作,但入狱的污点还是使文学界不愿接纳他。1932年,他投身于"哈里·迪克森"("Harry Dickson")丛书的创作,该丛书共178本分册,讲述了103个冒险故事。让·雷还加入了名为"联合作家"的作家团体。他在这个团体中发表了他最著名的奇幻小说《马尔佩蒂》(*Malpertuis*,1943)①,以及小说集《大夜色》(*Le grand nocturne*,1942)、《恐怖的圆圈》(*Les cercles de l'épouvante*,1943)、《难言恐惧之城》(*La cité de l'indicible peur*,1943)和《坎特伯雷的最后故事》(*Les derniers contes de Canterbury*,1944)。他的全部作品,包括歌词、短篇小说、长篇小说、散文等,数量达到约9300篇。

---

①　*Malpertuis*除了被译为《马尔佩蒂》外,也被译为《毁灭之屋传奇》或《恶穴》。

　　让·雷的奇幻作品在早期并未引起读者重视。直到美国《诡丽怪谭》(Weird Tales)杂志于1934年和1935年先后刊登了其文集《威士忌的故事》中的四篇短篇小说,他的作品才引起了众多读者的关注。20世纪40年代开始,他的作品引起了读者对奇幻的兴趣,并对其他比利时作家产生了影响;从60年代开始,他的奇幻小说才得以广泛流传,从此他被誉为"奇幻大师"。

　　让·雷既是传统奇幻小说的开创者,又是当代比利时奇幻小说重要的创新者之一。他笔下从不缺乏传统奇幻小说中的经典主题,恶魔、幽灵、凶物、可怕的动物和植物无处不在,恐惧和死亡长久地笼罩着人们。他笔下也从不缺乏传统文学中从平常过渡到奇异、古怪、困境、地狱的技巧,他喜欢在最意想不到的时刻引入无法解释的现象,他在这方面有着高超的叙述技术。然而,他并不只是单纯地描写这些神秘和恐怖的存在,也不是单纯地为了打破平凡而制造恐惧,他通过这些奇幻存在和奇幻技巧,为奇幻找到了存在的理由。也就是说,他通过严密的逻辑描写了现实世界中的奇幻世界。让·雷笔下的奇幻是一个全新的维度,奇幻世界的描写对奇幻小说来说是不可或缺的,之前的奇幻作家必然都或多或少地构建了奇幻世界,但让·雷笔下的奇幻世界是一个相对完整的、独立的整体。这是让·雷奇幻创作的一大特点,其作品不只是对现实法则的违背与颠覆,他通过严密的逻辑在现实世界中构建出了能够解释自身存在的奇幻世界。他精心地构建出了一个明显的、具体的、区别于现实世界的陌生的世界、陌生的现实,巴罗尼安将其称为"插入的世界"(univers intercalaire)(Baronian,2007:235)。一方面,这个世界建立在现实世界和日常生活之上,它总是在日常生活的事件中不经意但持续地显现出来;另一方面,这个世界中古怪甚至恐怖的规则完全不符合人类的常识与认知,人类的概念被颠覆,人类在现实生活中的特权被剥夺。让·雷用奇幻逻辑与理性思维解释奇幻世界,把插入的世界建立在完整的逻辑之上,这个看起来完全熟悉又完全陌生的无处不在的世界令人本能地感到恐惧。

可以说,弗朗斯·海伦斯在作品中体现出了浓厚的奇幻色彩,而让·雷的奇幻小说创作标志着早期比利时奇幻小说的初步诞生。让·雷奇幻作品的成功与风靡在文学界营造了浓厚的奇幻氛围,奇幻小说进一步发展,比利时奇幻小说随后进入了黄金时期。

第五节　比利时奇幻小说的发展

弗朗斯·海伦斯和让·雷的成功在文学界营造了浓厚的奇幻氛围。在他们二人的影响下,比利时涌现出一大批奇幻主义作家,其中米歇尔·德·盖尔迪罗德和托马斯·欧文可谓是比利时奇幻小说黄金时期最为重要的两位奇幻作家。在他们的影响之下,1920 年到1950 年间,奇幻主义迅速发展。

米歇尔·德·盖尔迪罗德是比利时法语戏剧作家、专栏作家、书简作家、奇幻小说家,他撰写了 60 多部戏剧、100 多部小说以及大量关于艺术和民间传说的文章,他还创作了 2 万多部书信体裁作品。

米歇尔·德·盖尔迪罗德是阿德马尔·阿道尔夫·路易·马滕(Ademar Adolphe Louis Martens)的笔名。马滕于 1898 年 4 月 3 日出生于伊克塞尔(Ixelles)的一个弗拉芒家庭,但他完全用法语进行学习,希望在日后提高社会地位。他的家庭和教育经历对他的文学创作产生了不可磨灭的影响。他的父亲在国家档案馆工作,他的母亲经常给他讲历史传说与故事。在父母的影响下,他对历史产生了浓厚的兴趣,尤其是中世纪、文艺复兴和宗教法庭时期的历史。他的父亲经常带他去歌剧院、木偶剧院、皇家剧院和午间集市,因而歌剧、木偶、集市和历史成为后来马滕文学创作的重要灵感。他于 1919 年到 1921 年服兵役，于 1923 年 4 月 13 日进入斯哈尔贝克（Schaerbeek）市政府任职。从 1936 年开始，他在身体上和精神上都受到众多疾病的折磨，包括抑郁、头痛和哮喘。他通过注射药物来缓解病痛，但是病痛却在接下来几年里变得更加严重。他正是在饱受病痛折磨的期间进行了奇幻小说的创作。1945 年 1 月，他被指控在德国占领期间利用布鲁塞尔广播电台帮助纳粹进行宣传活动，并因此被解除职务。马滕自离开政府后一直处于无业状态。五年后，他向维尔茨博物馆（Musée Wiertz）申请了空缺的馆长一职，但公共教育部拒绝了这一申请。1951 年，他被比利时法语语言及文学皇家学院（Académie royale de langue et de littérature françaises de Belgique）授予吕西安－马尔佩蒂奖（Prix Lucien-Malpertuis）。第二年，他申请加入比利时法语语言及文学皇家学院，却因其在战争期间的态度而被拒绝。他于 1962 年 4 月 1 日在斯哈尔贝克去世。

盖尔迪罗德首先是一位著名的剧作家，其戏剧曾在法国和美国引起巨大反响，他的著名戏剧作品包括《死神在窗口窥视》（*La mort regarde à la fenêtre*，1918）、《浮士德博士之死》（*La mort du docteur Faust*，1925）和《阿勒万老爷》（*Sire Halewyn*，1934）等。盖尔迪罗德的戏剧充满了神秘、幻觉、死亡等元素，奇幻的人物和令人眩晕的场景让观众感到怪诞和惊恐，他的戏剧把恶魔的行为和语言以及地狱搬上舞台。他创造了奇妙而令人不安、怪诞、残忍的宇宙，经常令人感到毛骨悚然。

同时，盖尔迪罗德还是一位奇幻小说家。弗朗斯·海伦斯认为，"盖尔迪罗德的戏剧创作次于其奇幻小说创作，其戏剧相较于奇幻小说更为朴素和逊色"（Hellens，1967：52）。《魔力》（*Sortilèges*，1941）小说集是比利时奇幻小说的瑰宝，也是盖尔迪罗德唯一的一本奇幻小说集,被认为是盖尔迪罗德记叙文中的代表作。《魔力》文集于 1941 年首次出版,收录了作者于 1939 年 2 月 1 日到 1941 年 4 月 10 日之间创作的 12 篇奇幻小说,分别是《公众作家》(« L'écrivain public »)、《魔鬼在伦敦》(« Le diable à Londres »)、《病园》(« Le jardin malade »)、《圣物爱好者》(« L'amateur de reliques »)、《霍多麻果》(« Rhotomago »)、《魔力》(« Sortilèges »)、《偷走死亡》(« Voler la mort »)、《圣母孤独》(« Nuestra Senora de la Soledade »)、《雾》(« Brouillard »)、《黄昏》(« Un crépuscule »)、《你被绞死》(« Tu fus pendu »)和《画家伊利亚》(« Eliah le peintre »)。该文集后来曾多次重印。由于《画家伊利亚》中的主人公公开表示出反犹太主义倾向,因此这篇小说从文集中被删去,被盖尔迪罗德于 1942 年创作的小说《冷杉的味道》(« L'odeur du sapin »)所替代,更改后的文集又于 1947 年、1962 年、1982 年和 2001 年四次重新出版。无论是修改前还是修改后,《魔力》文集中的 12 篇小说都具有同质性,或许是由其创作的连续性与一致性所致。在盖尔迪罗德看来,弗朗斯·海伦斯对他的奇幻创作具有重大的影响,他承认他创作的第一篇奇幻小说《黄昏》受到海伦斯的小说《风外者》的影响,而他的第二篇奇幻小说《雾》同样受到海伦斯的影响。在盖尔迪罗德之后创作的奇幻小说中,他的个人风格越来越凸显出来,但作品的基调不变。作品具有的另一个同质性在于小说中的"叙述者-主人公"[①]与盖尔迪罗德本人有着同样的性格和爱好,他们如同作家本人的化身:小说中的主人公们和盖尔迪罗德一样有着不愉快的童年,他们面对着家长或神父的威胁,他们畏惧死亡,他们相信魔鬼的存在;主

① 瓦克斯在分析奇幻作品时常用到"叙述者-主人公"(narrateur-protagoniste)这个词,指的是叙述者和主人公彼此相似,相辅相成甚至合而为一(Vax,1961:109)。在《魔力》文集中,"叙述者-主人公"总是以第一人称的口吻讲述自己遭遇的奇幻事件。

人公都是布鲁塞尔人,喜欢闲逛,喜欢各种民俗节日、古董店、蜡人模型;愤世嫉俗的主人公时常感到孤独,和动物间的友谊使他们略感欣慰,但和人之间的友谊是不稳定的;主人公在身体和心灵上都受到了病痛的折磨……

《魔力》文集中的小说充斥着蜡制人体模型、魔鬼、古董商、雕像等奇幻因素,围绕着死亡和罪孽的主题,在阴郁的背景中强调精神痛苦与陷入绝境。除此之外,他的作品中经常出现木偶等徘徊在有生命与无生命、生与死之间的物件。在盖尔迪罗德的作品中,人类社会犹如一个永恒的狂欢节,社会中的每个人都戴着面具,世界不过是谎言与幻觉交织的产物,现实与想象、真实与虚假之间并没有明确的界限。盖尔迪罗德的奇幻主义是一种内部奇幻主义,他的作品中的人类不过是可悲的、渺小的、滑稽的、惊恐的、被操控的傀儡,他关注人类内心感受的变化,尤其关注人类无能为力的灵魂在面对神秘时产生的巨大的焦虑与恐慌感受。

托马斯·欧文原名热拉尔德·贝尔托(Gérald Bertot),于1910年7月22日生于弗拉芒地区的洛文(Louvain),但他的家族根源为瓦隆地区,因此贝尔托从小就受到双重文化的影响。贝尔托有三重不同的身份——工业家、评论家、小说家,虽然它们都是贝尔托的化身,但每个身份都有自己的特点与态度,如同一面三棱镜,每面都折射出不同的色彩。贝尔托于1933年完成法律专业的学习后进入位于维沃德(Vilvorde)的三泉磨坊(Moulin des Trois Fontaines)担任法律顾问以及经理,在磨坊工作了43年。受到超现实主义的吸引,贝尔托用斯特凡娜·雷伊(Stéphane Rey)这个西班牙笔名为《自在比利时报》(La libre Belgique)和《回声报》(L'écho)撰写艺术评论。从1940年开始,德国占领比利时长达四年时间,侵略者禁止比利时进行文化交流,使其在文化上出现了空缺,他巧妙地选用了英国笔名托马斯·欧文,以试图填补文化空缺并引起读者的好感。他用这个笔名先是发表了众多警察小说，随后创作并发表了奇幻小说，进而成为著名的比利时法语奇幻作家。

贝尔托在健康的环境中成长，没有经历过大的冲突，也没有经历过死亡的恐惧，但他从小就对奇幻有浓厚的兴趣，喜欢在谷仓里给弟弟妹妹和朋友讲恐怖故事。他对奇幻的热爱或许是受到祖母的影响，源自祖母讲的狼人和巫婆故事；又或许是来自他小时候的各种恐惧情绪，他害怕猫，害怕眼睛会动的娃娃，害怕密封的花园，害怕直面镜子，害怕婴儿穿的有金属光泽的毛线鞋……事实上，在欧文正式开始奇幻写作前，其警察小说中就体现出了一定的奇幻色彩，如在警察小说《恐惧的入门》(*L'initiation à la peur*，1942)中，来访者进入奇怪的房子，必须听从房子的指令，故事体现出了奇幻的色彩，是欧文一次奇幻的试笔。欧文于 1943 年发表了第一部奇幻小说集《奇怪的路》(*Les chemins étranges*，1943)，于 1945 年发表了第二部奇幻小说集《癞蛤蟆地窖》(*La cave aux crapauds*，1945)，这两部奇幻小说集使欧文迅速获得了大众的认可，开始在比利时奇幻小说领域占有一席之地。欧文从 1950 年开始被巴黎的读者熟知，多部小说集在巴黎重新发行。他在 1963 年和法国马拉布出版社(Éditions Marabout)签订合同后，在袖珍本图书出版领域内大受欢迎。1972 年，他的小说集《母猪》(*La truie*，1972)获得桑格·皮埃龙奖(Prix Sanger Pierron)，《母猪》被认为是典型的、成熟的奇幻小说集。1976 年，欧文进入比利时法语语言及文学皇家学院，获得了官方认可。

欧文"以一种创新的、自然的方式应用这些奇幻主题，和心理学以及平凡的现实保持着平等关系。恐惧并不来自另一个世界，而是以隐藏的方式来自我们身边的常见的存在"(Kiesel，1995：69)。如果说《奇怪的路》中充斥着残酷的超自然与恐怖的荒诞，那么这种恐惧从《癞蛤蟆地窖》起就逐渐弱化，而在《同情影子》(*Pitié pour les ombres*，1961)、《夜礼》(*Cérémonial nocturne*，1966)、《母猪》等小说集作品中，死亡笔调逐渐减弱，奇幻常常源自日常生活中病态的一面，以梦境经历、使人不安的迟疑或情欲与死亡之间复杂的联系为中心。双重身、鬼魂、四维空间、不受控制的手等奇幻小说常见的主题在欧文笔下以崭新的方式出现，散发着焦虑，欧文所用技巧超越了已经被读者熟知的奇幻技巧，为奇幻小说注入了新的生机。欧文常被看作让·雷的接班人，但相较于让·雷，他的文笔更为简明朴素，直白而客观的叙述、清醒与冷静的态度使其奇幻作品别具一格。他是一位单纯的叙述者，只关注故事的叙述，而不在乎复杂的艺术手法和矫饰的单词，认为它们阻碍读者获得阅读的乐趣。他的文笔较为精练，巧妙地散发出一种微妙而谨慎的焦虑，一种暗示而不确定的恐惧。欧文说过：

> 奇幻的著名定义是凯卢瓦的定义：古怪事物对日常生活的"入侵"(irruption)。我认为，"入侵"这个词过度了，对我来说，奇幻是古怪事物对日常生活的"僭越"(intrusion)。入侵意味着击碎、爆裂和暴力，奇幻可以更具有潜伏性一些。我更加阴险一些。奇幻是日常生活中意外事件伪善的僭越。日常生活变质，它产生裂缝，但我们并不能立刻发现。(转引自：Kiesel，1995：67)

因此，欧文的奇幻作品中的神秘从无关紧要的琐碎事物中出现，他通过抽取日常生活中不起眼的细节(如彩陶瓷砖或挂毯的图案)来创造奇幻。奇幻故事总是以人们熟悉的平凡环境为背景，但日常环境中却隐约透露不安，任何一个动作、一句话语、一个人、一个动物、一个物品都可能催生奇幻。随着奇幻现象的入侵与蔓延，现实世界逐渐被不可逆转地侵蚀。与此同时,威胁、危险、悲剧和死亡无处不在,吸血鬼、鬼魂、野兽、双重身等奇幻元素总与主人公不期而遇,引发无尽的恐惧。正如让·雷在《奇怪的路》文集的序言中写到的:"欧文制造恐惧的过程如同在缓坡上前行……他抓住读者的胳膊进行一段无害的闲逛,带着遭遇惊恐时与读者不告而别的邪恶意图……登上他阴暗的小船,我们不再回顾阴森的水流,我们只能绝望地看向光明的上游,因为我们彻底属于他创造出的黑色。"(Ray,1994:798-799)欧文有时还将恐惧与黑色幽默结合,带着谨慎的诙谐幽默,比如在短篇小说《令人惋惜的丈夫》(« Son époux regretté »)中,一个丈夫被妻子杀害变成幽灵后,指导妻子处理自己的尸体。

在与安妮·松奇尼(Anne Soncini)的对谈中,欧文指出,"奇幻是对平庸和狭隘的反抗,但也是对社会的反抗。奇幻的成功在于,尽管比利时有过一段漫长的习惯于服从的过去,但比利时现在是个人主义的,它原则上'反对一切'。它的光荣之处在于它从不停止——如同比利时国歌(La Brabançonne)中所唱的一样——'逃脱坟墓'"(Soncini & Owen,1983:32)。奇幻小说的内核在于反抗,且它从不停止反抗,因此欧文不依附于文学流派,而是不懈地在叙述方面发明创造。正如叙述永远不会过时,欧文的小说具有旺盛的生命力。

1950年到1970年,奇幻主义进一步发展,这主要得益于法国马拉布出版社出版的奇幻小说丛书——"马拉布奇幻"(« Marabout Fantastique »)丛书。受该丛书的吸引,众多作家继续投身于奇幻作品创作,且奇幻作品的主题和形式变得更为多样化。这一时期涌现出众多有特色的奇幻作家,如悲观地描绘痛苦世界的热拉尔·普雷沃(Gérard Prévot)、描绘荒诞日常和奇异地点的雅克·施特恩贝格(Jacques Sternberg)、在日常生活中上演奇幻现象的让·穆诺(Jean Muno)、试图探寻人类冲动和灵魂的加斯顿·孔佩尔(Gaston

Compère)和把自然、古怪与情爱结合的莫妮克·瓦托（Monique Watteau）。此时的奇幻潮流彰显出巨大活力，形式多样，出现在文学、绘画和电影中，奇幻文学也因此被看作比利时的特色。

在20世纪80年代后，比利时的出版社不再专门出版奇幻小说丛书，比利时奇幻小说几乎不再有新的辉煌成就，然而这并不意味着比利时奇幻小说的消亡。比利时传统的奇幻小说自身逐渐发生变化，幽灵、魔鬼、狼人几乎不再出现，奇幻色彩被缩小，主题不再受限，经常融入其他文类之中，分散到了文学中的各个领域，因此很难再给奇幻小说下严谨的定义。很多比利时作家的创作表现出对奇幻主义的传承，然而重点从关注世界转向关注人类自身。奇幻不再是超自然现象从外部侵入现实，引发无限的恐惧，而是质疑人类自身的存在与理性，让人感到焦虑不安。这似乎和促进比利时奇幻小说诞生的反抗精神内核一脉相承，奇幻小说的诞生旨在反抗虚无和平庸。如今随着科学技术的进步和科学知识的普及，鬼神不再能引起人们的恐惧和焦虑，取而代之的是自身的压抑与空虚。物质文明飞速发展，法律、规则、道德对社会生活的规范愈发完善，在人们日复一日遵守规则的同时，他们内心的自由、欲望、追求、渴望被物质社会压抑。同时，在信息化与数字化社会中，人类身份逐渐简化成计算机里的一串字符，真实而鲜活的个体开始被忽视，人类自身似乎走向了平庸与虚无。奇幻小说质疑人类理性，引发焦虑，它在迫使人们直面自身平庸与虚无的同时，或许能成为将人类心灵从物质束缚中解放出来的一剂良药。

由于研究篇幅有限，我们无法面面俱到地对所有知名的比利时奇幻小说作家的奇幻文本进行研究分析。在本研究中，我们选择对米歇尔·德·盖尔迪罗德和托马斯·欧文这两位处于比利时奇幻小说黄金时期的代表性作家的奇幻文本进行分析，因为其文本具有高度的代表性和经典性,既继承了弗朗斯·海伦斯和让·雷的某些创作特点,又影响了随后出现的奇幻作家的奇幻创作,可以说体现出了比利时奇幻小说众多的经典特征。

第三章　奇幻的端倪

　　从诞生过程的角度看,比利时奇幻小说是反抗的文学,是对平庸的现实的反抗,是对身份的分裂与缺失的反抗,是对其他文化的压制的反抗,因而对抗成为比利时奇幻小说的核心。而从奇幻小说的基本概念的角度看,奇幻小说的核心同样是对抗,正如我们在第一章第三节"奇幻与现实的抗衡"中提到的那样,奇幻的构建是奇幻与现实两者相互对抗的结果。我们已经把奇幻构建的过程划分为三个阶段:奇幻的端倪、奇幻的显露、奇幻与现实的相对平衡。从这一章开始,我们将对米歇尔·德·盖尔迪罗德和托马斯·欧文的奇幻文学文本进行分析,探究在文本中这三个阶段是如何体现的。

　　在"奇幻的端倪"这一阶段中,作品的开篇往往是在现实之中,作者甚至刻意构建现实的环境。但随着情节的推进,现实环境似乎不断恶化,暗示着异常的细节越来越多。同时,故事中的人物往往一开始看起来是正常的人,但随着情节的推进,人物身上的异常愈发明显。因此,我们从环境和人物这两方面对奇幻的端倪进行分析。

第一节　异常的现实环境

奇幻作品总以现实世界为基本框架,奇幻主义只有在和现实主义的对立中才得以存在。因此,奇幻小说作家往往不直接描写奇幻世界,而是着力描写现实世界,使奇幻在现实世界中若有若无、时隐时现。法国文学评论家菲利普·哈莫(Philippe Hamon)认为,描述在现实主义文章中的作用是消除虚假与制造真实,在奇幻文章中起的作用也一样,"所有在文章中'持续'的叙述系统,即'占据'和'利用'文章中或长或短的片段,以及所有'系列'的变化和构成,都旨在引发'证据效果'、权威效果、说服效果"(Hamon,1993:51)。也就是说,在文章中占据或多或少篇幅的描述性文字以及这些描述性文字间的相互呼应,在文章中起到的作用是消除虚假与制造真实。因此,对环境的描述引发了真实效果,奠定了现实世界的环境,令读者相信奇幻故事发生的背景是我们生活的现实世界。米歇尔·德·盖尔迪罗德和托马斯·欧文经常花费大量笔墨对环境进行描述,但是对环境的描述又不停留在对现实世界的构建上,他们把现实与异常结合起来,描写荒凉、寂静、昏暗的环境,使现实世界被奇幻的阴影所笼罩,让人们感到忧虑。

一、荒凉寂静的环境

盖尔迪罗德喜欢通过大段的细节描写来勾勒环境,其笔下的环境往往是荒凉、阴森、寂静的,笼罩着一层神秘色彩。《公众作家》的开篇就是一段对荒凉环境的描写,"在那时,我的住处位于拿撒勒(Nazareth)的一个区"(Ghelderode,2001:9)。拿撒勒位于比利时东弗兰德省,具体的地点名称奠定了现实世界的环境,令读者相信奇幻故事发生的背景是我们生活的现实世界。随后,他使用大段文字描写了住所附近荒凉、寂静并且几乎与世隔绝的环境:

> 这是个荒无人烟的地区,靠近旧时城墙的斜坡被植被所占领,如同附近郊区的人进军到了城市里,想要夺回领土。人们迷失在弯曲小路构成的迷宫之中,小路两边是矮房或无止境的不透光的墙,它们错综复杂,使这个破旧的街区成了巨大的围场,安静得令人惊讶。推开一些生锈的门,我们发现一块牧地,一些羊从这儿经过,还有一些邻近孤儿院的孩子在此处忙碌。占领此处的安静真是一种恩赐,如此安静以至于一声鸟叫都成了大声的喧闹。我希望这片屋顶被白鸽压弯的神秘区域能保持原样。时间几乎不存在,钟声似乎从树林中传来,发出巨大的声响。(Ghelderode,2001:9)

接下来是对主人公常在傍晚前往的修道院的描写,修道院内和街区一样荒凉而破旧,几乎都被植被所占领,这也为此处增添了一丝阴森而神秘的色彩,这里似乎将成为奇幻的发源地:

> 走过门廊,我们发现一个方形的花园,这个花园三面被修道院盖着布的陈列廊堵住。这是个令人惊异的花园,如同一片原始森林,生命力旺盛的植被在其中错综复杂地斗争。疯狂的草从日晷仪或从放置在花岗岩上的没有头的雕像中冒出。一种秘密的生命充斥在这大团植被之中,植被的生长差点推翻了老旧的围墙。但花园还是有着一定的布局的,花园的中心是一口打造的水井,花园的四个角上是高大的杨树

的羽毛雕刻装饰。(Ghelderode,2001:10-11)

《病园》中,主人公居住的环境同样荒凉、寂静和神秘,甚至如同坟墓一般,主人公在日记中写道:

> 当我还是孩子的时候,我走遍这个贫穷街区的街道,这个街区被建造了它的贵族家庭和上层资本主义家庭抛弃,被下等人占领并毁坏。谁会预料到,有一天我会住进这座巨大的、长方形的、外观阴郁的房子里,我总是带着狂热的想象回忆起这座神秘的房子。这座房子当时是,现在也是一处气派的私人府邸,被其他具有法式风格的房子包围住,建筑正面庄严朴素而沉静,五扇被锁链锁上的百叶窗下的窗户如同被判了刑,足以让马车进去的宽阔的大门从不大打开,冷酷而沉重,如同坟墓的大门一样。这处贵族府邸在三十多年前就是这副被弃置的模样,当时我每天都走这条路去附近的教会学校上学。我们很难想象它别的样子,黑色的石头一直表现出神秘,岁月未曾改变其陈旧而生锈的样貌。(Ghelderode,2001:47-48)

欧文同样是个把现实与奇异结合起来的专家,这种奇异同样表现在环境的荒凉与寂静上。欧文喜欢在作品中使用具体的地点名称、街道名称或场所名称,以此营造现实环境。如《汽车旅馆派对》(«Motel party »)中的"这个地方叫沙伦(Sharon),是从伍德沃德(Woodward)到埃尔克城(Elk City)的道路上一个偏远的十字路口。十几个似乎不太清洁的小屋、一个还挺像样的快餐厅和一个卖油桶、牲畜链以及橡胶长靴的店铺"(Owen,1987:110)。又如《别人的事》(« Les affaires d'autrui »)中的"我在三色旅馆(Auberge des Trois Couleurs)里。几张桌子铺着干净的桌布。一个很高的黑木柜台。一个我本想看到炭火燃烧的废弃的壁炉"(Owen,1987:149)。

同时,欧文在描写环境时喜欢把日常生活中一系列不引人注目的未必有紧密联系的物品罗列在一起,在此基础上为各个物品补充相关的细节,形成一种欧文式的列举,以此增强真实效果。当然,欧文笔下的现实总是免不了与荒凉和寂静相互融合。《黑球》(« La boule noire »)的开篇对主人公居住的宾馆进行描写,"阳台新刷的水泥凹凸不平。铁制的阳台栏杆好几处都生了铁锈。三层楼下的河流有银刃一样的弧线。从外边看,房间的窗户缺乏保养。油漆开裂剥落,少量胶合剂从窗玻璃脱落。我们看见地上有一个人们忘了捡起的瓶盖。宾馆处于极好的位置,享有盛名"(Owen,1987:25)。阳台、河流、窗户、瓶盖等日常物品被散乱地罗列在环境描写中,伴随着人们容易忽视但生活中常见的细节,描绘出了历史久远、年久失修、惨淡的宾馆的样貌。《雨之少女》(« La fille de la pluie »)的开篇对主人公德佩尔刚吉(Doppelganger)①所住的宾馆房间内部进行了描写,"桌上,一小束铃兰在花瓶里完全枯萎。在房间的角落里,在窗户和上了漆的衣橱之间有两个叠放着的灰布行李箱"(Owen,1998:35),短短两句话中涉及桌子、花瓶、窗户、衣橱、行李箱等日常物品,勾勒出了房间环境,完全枯萎的铃兰让人们心生荒凉之感。德佩尔刚吉外出散步时遇到神秘少女拉米(Lamie),同她一起前往"一座巨大的红砖别墅",这座"别墅"独自耸立在乡村中,处在野草蔓延的花园中心,四周被野树篱环绕"(Owen,1998:39)。在别墅中,"他们上楼,经过肮脏的房间、空旷的浴

①　"doppelgänger"在德语中指"幽灵,另一个我",在小说中是主人公的名字,这个名字较为罕见,我们将其音译为"德佩尔刚吉"。

室、散布着带插画的旧报纸的走廊、空的饼干罐、镜子的碎片、压扁的牙膏管。在一个有裂缝的壶中,一棵干枯的植物上挂着一条褪色的带子"(Owen,1998:39),琐碎物品的列举及其修饰语勾勒出了被弃置已久的荒凉而空荡的别墅。在《伺机者们》(《Les guetteuses》)中,欧文对郊区的小公园进行描写:"他这次处在郊区的一个不起眼的小公园中,小公园被高大的灰房子环绕着。几块路牌将小公园与车流隔离开,路牌要求车辆转弯以避开公园,这使得小公园里充斥着刹车声和轮胎的摩擦声。浅绿的小岛,有几棵积满尘土的树木,有被修剪得不怎么样的草坪,有不带椅背的长凳,在中央还有一个方形的沙池。"(Owen,1987:39)公园、房子、信号牌、树木、草坪、长凳、沙池构成了郊区荒凉的小花园及其周边的环境。

欧文注重听觉效果,经常描绘寂静的环境,但他似乎觉得直接描述寂静无法凸显环境与日常生活的紧密联系,因此他更喜欢用单一的、机械的、容易被忽视但能牵动人神经的生活中常见的声音来突出环境的寂静,钟表、水管、供暖器、轮胎、酒桶乃至贝类动物都被欧文用来构建寂静的环境。《夜礼》中的主人公在深夜回家时听见的钟表声使房屋更显寂静与肃穆,"门厅里的大时钟发出熟悉的滴答声,但在当下,这个声音使寂静的房屋内充满了不寻常的肃穆"(Owen,1998:20)。在《谋杀罗兹女士》(《L'assassinat de lady Rhodes》)中,主人公受到在酒馆认识的神秘青年的诱惑,和他一同前往罗兹女士居住的别墅,准备进行一场谋杀,他们潜入二楼的一个房间,发现"一张铺满全屋的厚地毯减弱了一切声响"(Owen,1998:144),即将作为命案发生场所的房间内寂静无声,他们能听见房间外传来的声响,"我们听见在别墅的某处水在水管里发出响声。随后,楼下传来了中央供暖的回声,像是有人在夜间开锅炉前给中央供暖通火"(Owen,1998:144)。在《别人的事》中的小酒馆里,客人们各怀心事地沉默着,"汽车启动,轮胎在道路上发出潮湿的声音。在酒窖里,有人重新在搬动酒桶"(Owen,1987:155),凸显出了酒馆里沉闷而古怪的气氛。《雨之少女》中的主人公在雨天独自到空无一人的沙滩上散步,"在被退潮的海浪压实的沙滩上,他听见脚下死去的贝类动物碎裂的声音"(Owen,1998:36)。

　　欧文不满足于仅仅描写寂静的环境,他还把寂静与人物的不安联系起来。如在《女乘客》(« La passagère »)中,主人公在大雨天里开车行驶在几乎看不到其他车辆的路上。欧文通过对轮胎声的描写突出车内与车外的安静,"汽车轮胎在道路的混凝土上发出单一的吮吸的声音,偶尔被车轮挡泥板下突然发出的迸射声打断"(Owen,1996:66),随后,主人公想打开收音机打破这种寂静,但他开车前忘记拉出车上的天线,此刻也没有勇气下车,因此他不得不忍受这车内的安静,"只有发动机的隆隆声给我带来一丝微弱的安慰"(Owen,1996:66),主人公只能依靠微弱的噪声来保持内心的平静。欧文在《在空房子里》(« Dans la maison vide »)中也着重对声音与寂静的关系进行了描写:

　　　　我好几次听见附近的教堂响起钟声,教堂的钟声好像在向我的窗户倾斜,我又听见一列远处的小火车在郊区费力地鸣笛,我还听见锁链在开着门的马厩里嘎吱作响。在这些声音之中,空旷的大房子里的寂静总是更令人感到压抑。这种寂静在我耳边以令人恐惧而不安的方式嗡嗡作响,这使我把接收到的哪怕最细微的声音作为一种真正的解放,这声音重新建立了我与外部世界的关系。这在寂静中的窒息与我听到细微嘎吱声时的喘息在很长一段时间里交替进行。(Owen,1987:173)

与声响相连的是"解放"，而与寂静相连的是"压抑""恐惧""不安"与"窒息"，寂静为奇幻现象的出现渲染了异常的氛围，奠定了人物不安与忧虑的心理基础。

二、昏暗的环境

奇幻小说的环境还有一大特点就是昏暗，昏暗的环境为奇幻的潜伏提供了得天独厚的条件：一方面，昏暗的环境容易使人感到不安；另一方面，昏暗的环境削弱了人的视觉能力，从而使人对任何事物或事件都难以确信。

盖尔迪罗德笔下昏暗的环境往往由夜色和雾气一同渲染。在《病园》中，某晚主人公与自己的狗待在房间内，"夜晚本来温暖并且美丽，天上星星在闪烁"（Ghelderode，2001：59-60）。但随着时间的推移，"一股雾气从地上升起，这是一股乳白色的水汽，笼罩着花园，但是不超过围墙的高度，让人们能看见树和星星。雾带着难闻的气味"（Ghelderode，2001：60）。本来静谧的夜晚因为雾气的到来而变得幽暗和诡异，暗示着奇幻现象的发生，果然，主人公随后发现窗外有两只神秘的眼睛在注视着他。在《雾》中，神秘人出现之前，主人公从办公室出来准备回家，太阳还未下山，气温适中，行人们纷纷在街头散步，"家长拉着孩子走向商店的橱窗，或者抱起孩子，让孩子能穿过人海看见橱窗里穿着圣诞老人衣服、长着白色胡须的机器人"（Ghelderode，2001：167），这描绘了傍晚温馨的街景。接下来，主人公因为对熙熙攘攘的人群感到不适而选择一条小路回家，这时他感到"空气凝固不动，弥漫着雾气，预示着天气的变动"（Ghelderode，2001：167），直至他完全陷入雾的包围。此时小路上仍然有一些行人，然而因为雾的作用，行人都沉浸在自己的思绪中无法自拔，无暇顾及旁人，主人公此时已经陷入孤独的状态。当他确认自己被神秘人尾随时，周围已经没有行人,雾和夜晚的交织营造了黑暗、朦胧、孤寂的气氛,远离了温馨的世俗世界。

"必要的昏暗"(Grivel,1992:119)是欧文笔下奇幻小说的重要组成部分,欧文笔下的奇幻故事往往发生在昏暗的夜晚。利用自然界中黑夜的昏暗是一条绝佳的途径,因为昏暗的夜晚渲染了异常与古怪的气氛,甚至于暗示了奇幻事件即将发生。《一件真正的中国工艺品》(« Une véritable chinoiserie »)的开篇写道:"火车在黑夜中疾行。车窗上薄薄的水汽阻挡了看向窗外的视线。有时座位上会闪过转瞬即逝的光晕。"(Owen,1987:61)在昏暗的夜色中,主人公在车厢内遇见了读书的神秘女子,神秘女子在和主人公交谈后离奇消失,只留下身上的香气和她刚才读过的书。《夜礼》中的主人公每次晚归后,都要到父母的房间亲吻父亲的额头表示晚安。然而,某天夜晚他决定省去这个习惯,直接回自己的卧室,"现在一片漆黑,在我缓慢登楼梯的过程中,没有任何一扇窗户从外界带来一丝微弱的夜间光亮"(Owen,1998:20)。随后他在楼梯上感受到一只无形的手的触摸,且这只手越过他敲响了父母的房门,主人公在惊愕与恐惧中和平时一样进行了夜礼。从此,他再也不敢跳过夜礼。在《在空房子里》中,主人公在叔叔的引领下来到一个邻居的房子中借宿,"时间已经很晚了,我们走在空旷的道路上,叔叔告诉我家乡的新闻。夜空清澈但没有月亮,有时如同幽灵般安静的闪着蓝银光的萤火虫在空中划出奇怪的条痕,似乎是不祥的"(Owen,1998:171)。主人公当晚在房子里睡觉时,果然遇到了不祥且难以解释的事件:他听见有人进入房子中,却不见人的踪影,并在床单里发现了柔软、湿润、黏稠的如同溺水者肌肤的东西。在《不予诉讼》(« Non-lieu »)中,霍尔托巴吉(Hortobagy)医生在感知到神秘人之前正行走在街道上,"街道空空如也。我独自一人沿着国家银行黑色的装有坚固栏杆的窗户前行。办公室早已经关门了。在这座巨大而安静的建筑中,只有电子钟的声响和准备简单填饱肚子的夜间值班员"(Owen,1985:71)。平铺直叙并且具体的环境描写告诉读者主人公处于真实的世界中,但作者描绘了空旷、静谧、黑暗的夜景,暗示读者某些奇幻事件即将发生。

欧文并不满足于仅仅利用自然的昏暗,他还乐于借助环境人为地制造昏暗。封闭的门窗可以用来制造黑暗,如"门被细心地关上,他们处在半昏暗中,已经微弱的日光几乎无法穿过闭合的百叶窗进入屋内。一切都阴暗而肮脏,带着悲剧或废墟的残迹"(Owen,1998:40)。垂下的挡光窗帘也可以用来削弱光线,如"黄绿条纹的绸缎窗帘削弱了日光,房间好像沉浸在温和的蜂蜜与水族馆中"(Owen,198:71)。与光隔绝的地下室同样是制造黑暗的有力武器,如"这处地下场所很暗。黄色的蜡烛让微弱的光亮跳动。人们在这里感受到的压抑难以描述"(Owen,1987:46)。

此外,欧文笔下昏暗的环境与人的消极情绪相联系,为下一阶段奇幻的显露营造令人感到不安与恐惧的环境。在欧文的奇幻小说中,黑暗使人感到不安、恐惧与绝望,如《谋杀罗兹女士》中的描写:"酒吧外,我刚刚躲避的雨还在下,街道湿淋淋的,水坑积满黑水,肮脏的小巷位于被抛弃的建筑、仓库和发霉的栅栏两旁,在黑夜中令人绝望。"(Owen,1998:142)相反,明亮则使人感到安全和平静,如《在空房子里》中对光的描述:"当我不再抱有期望时,光线终于涌现出来。有了光线,我恢复了少许平静。"(Owen,1998:178)欧文在小说中常常同时提及光亮和黑暗,光亮带来的放松感与黑夜带来的消极感形成了一种强烈的对比,如"他下午打开朝向巨大而翠绿的山谷的落地窗时感到的惬意、放松和自由,当夜晚来临时,被一种奇怪的厌倦感和疲乏感所取代。他向往自由,但现在孤独令他难以忍受"(Owen,1987:26),表现出了白天带来的惬意感以及夜晚带来的厌倦感与孤独感。又如"房屋从外面看起来昏暗、不透光、无足轻重。如果他能透过窗户看见几束光亮起,他就会感觉更安心"(Owen,1987:145)与"房屋外,新的一天透出光亮……夜间的恐惧消散一空。我最终不禁问自己,我是不是噩梦的受害者"(Owen,1987:180),表现出主人公在夜晚感受到的恐惧感以及白天的光亮对恐惧的驱散作用。

三、令人不安的修辞与环境

盖尔迪罗德和欧文喜欢运用比喻、拟人等修辞手法来描写环境,这些修辞手法使环境变得更为令人不安。

在比喻手法的使用上,盖尔迪罗德曾把房间比作坟墓,"雨从黎明就开始下。潮湿使我的房间和坟墓一样难闻,光线就和坟墓的地窖一样"(Ghelderode,2001:179)。盖尔迪罗德还把商业区比作压抑的迷宫,"某个昏暗而多雾的早晨,我在不知道哪个肮脏的商业区漫步,是某种在充满泥浆的泰晤士河边的发臭的仓库或是压抑的迷宫"(Ghelderode,2001:29)。欧文把橡树比作怪物的躯干:"我们几乎立刻就到了小道上,这些小道在原野上纵横交错,这片起伏很小的广阔平原一望无际,牧场连接着麦田,连接着橄榄园,连接着橡树林,这些橡树如同头戴浓密的绿叶般头发的怪物的躯干。"(Owen,1987:47)他把报纸比作鸟:"我听见不知疲倦的风在咆哮,我看着窗外,时不时一张旧报纸被狂风刮起,如同一只支离破碎的大鸟。"(Owen,1987:110)他把海浪比作怪物:"大海阴沉而粗暴。巨大而混乱的海浪如同怪物一般扭动着,相互交叠,随后白沫四溅地在黝黑并反光的防波堤上爆裂开来。"(Owen,1998:36)他把柳树比作哨兵:"他从窗户向外望去,看见一些截去顶枝的柳树,如同黑色的哨兵一般在冬日早晨的冰冷光亮中整齐排列。"(Owen,1997:27)这些本身不带情感色彩的本体被比作令人惊恐的有生命的喻体,使现实环境中充斥着异常与担忧。

在拟人手法上，盖尔迪罗德在《病园》中借主人公之口，说明花园似乎具有自己的意志。主人公描述道：

> 我感觉到这是一片禁区，某些面貌被封闭起来，这个花园想要变得敌对，想要独处。它不仅仅用交错的树藤网和带刺的树枝进行自我防卫；更可怕的是，它用自己的神情来自我防卫。对，就是这个词：它似乎病了，尽管大量的空气在这个区域内流通，尽管大量的阳光洒落，但花园中的一切都没有光泽并且苍白，以至于极其充分生长的植被看起来似乎枯萎了。不，这个花园并不是因为人类的遗忘而变得混乱，它患有热病，又或者说，它自身已经发狂……（Ghelderode, 2001:55）

花园在盖尔迪罗德的描写中似乎成了一个复杂的人，它似乎是一个渴望独处、不愿被外人打扰、对外人充满敌意的人，它似乎是一个身体病恹恹但精神狂热甚至疯狂的人……

欧文还时而运用拟人手法来描写环境。在《汽车旅馆派对》中，欧文描绘了残忍的飓风与可悲的树木："从这儿直到越来越远的一望无际的平原，所有的农场都一样，被受损的防风林环绕，这些可怜的树木被风吹弯、被吹散头发和被折磨，它们从开垦者时代就不停被重新栽种，但它们总是被如此虐待。"（Owen, 1987: 109）在《15.12.38》（《15.12.38》）中，欧文先描绘了平凡的城市环境。主人公威尔格（Wilger）房屋门前的"大路平静而干净，地面平整，人行道狭窄"（Owen, 1994:919），房屋对面的建筑"外观几乎一致，都是暗淡的灰色"（Owen, 1994:919），并且"他对面的一排房屋的门几乎都被刷成了绿色"（Owen, 1994:922）。随后，他开始大量使用拟人手法，使这平凡地方看起来似乎有一丝异常。"大街是空旷的,充满敌意,好像被遗弃了好几个世纪,好似从来没有出现过任何人或动物。他突然直面这忧伤,这致命的静止不动的石头,好像一个死而复生的人在一座被诅咒的空旷的城市里重见天日"(Owen,1994:919)。街道如同一个孤独忧伤又深不可测的危险的人一样,对面一排房屋的面孔"悲惨而忧郁"(Owen,1994:919),阳台带着一抹"坏笑"(Owen,1994:919),且"街道的外表突然显露出麻痹无力、谴责和绝望的孤独"(Owen,1994:919)。在主人公威尔格离开家去市中心的路上,"一整条空旷的街从它一百多扇伪善的窗户后望着他的后背,就像一块结冰的海绵贴在他微温潮湿的背上,他直至到达了市中心才感到终于可以呼吸"(Owen,1994:922),街道似乎在监视着主人公的一举一动。

在使用比喻、拟人等修辞手法描写环境时,如果按照引申义去理解,那么句子指向的便是现实,语句似乎只是为了增强效果,然而如果按照原意去理解,那么语句便是在描写奇幻现象。如"一整条空旷的街从它一百多扇伪善的窗户后望着他的后背"(Owen,1994:922),如果按照引申义理解,欧文似乎是想描写主人公离开房子时身后是一整条街道以及众多窗户;如果按照原意去理解,欧文则是想说街道与房屋具有生命,它们确实目送着主人公离去,且似乎在策划着些什么。这种修辞带来的引申义与原义之间的张力使人们在现实世界中隐约瞥见奇幻的端倪。

荒凉、寂静并且昏暗的环境并未超出现实的范畴;相反,许多描写刻意强调环境处在现实世界之中。但环境荒凉、寂静和昏暗的特点使世界蒙上了一层神秘的色彩,甚至使人们感到不安与恐惧,为奇幻现象的出现奠定了基础。比喻、拟人的修辞手法更是令环境显得诡异,暗示着奇幻的来临,甚至是在暗示奇幻已然潜伏在了现实之中,只不过是在等待合适的迸发时机。

第二节　可疑的人物与动物

由于奇幻小说主要聚焦于讲述奇幻事件,作品中的人物似乎往往只是奇幻现象的见证者或受害者,因此他们在叙事中似乎占据着不那么重要的地位。但纳塔莉·普兰斯指出,在奇幻小说中,"人物比看起来要更重要、更复杂,并且是本质性颠覆的出发点"(Prince,2015:77)。也就是说,人物是奇幻颠覆现实的重要组成部分,也是奇幻构建的重要组成部分。在奇幻的端倪这一阶段中,一方面主人公与配角看似与现实中的人无异,另一方面他们身份成谜、行为古怪,与奇幻似乎具有某种非同寻常的联系。我们在这一部分中将分析盖尔迪罗德和欧文笔下各有特点的人物。

一、饱受痛苦的主人公

盖尔迪罗德笔下的主人公无论是在肉体上还是在精神上都饱受痛苦的折磨。身体上的痛楚常常表现为气闷甚至窒息,这种症状在小说中时常出现,有时是由于主人公自身的顽疾,有时是由于外部气候的变化。

主人公自身的疾病会引起窒息感受,《偷走死亡》中的主人公身体一直强健,但是某一天疾病突然来袭,"冰冷的气流包围着我,如同一扇羽翼带来的风。我突然感到不适,颤抖并眩晕。眼前的一切事物都变成黑白的,我需要新鲜的空气"(Ghelderode,2001:153)。《冷杉的味道》中的主人公把自己形容为"瘦弱、苍白……可悲地不可否认地患有哮喘"(Ghelderode,2001:211)。哮喘带来的窒息感通过主人公话语中无法控制的语气词传递给了读者,"和你们说,啊,这件事发生在了我身上,啊,我先声明,啊,故事并不,哎,很有趣,啊,但只是很可笑,啊"(Ghelderode,2001:211)。这种窒息感在主人公感到恐惧时进一步加剧,死神突然作为访客出现在主人公的家中。在看到外形可怕的死神时,主人公所说的是,"向你们描述他,啊,别想了,哎,我要窒息了,哎,试想如果你们是我,唔"(Ghelderode,2001:216)。

外部气候的变化同样会引发身体的不适,主人公通常会极其畏惧夏季的炎热以及大雾与下雨的潮湿天气。在《公众作家》中,夏季来临,主人公认为"这是阳光的胜利,是万物的窒息,壮观而可怕"(Ghelderode,2001:21)。主人公待在隔绝了外部阳光的房间内,但仍摆脱不了窒息的感受:"我如同植物和石头一样痛苦,被残酷的矿石毒害,渴望一处只存在于坚硬土地下的阴影……我的不适随着太阳的变化而变化,只在太阳落山时才结束。"(Ghelderode,2001:21)夏季持续着,主人公感受到自己身体情况的恶化:"由于僵化,我在缓慢地死去。"(Ghelderode,2001:22)在《病园》中,主人公于8月中旬在日记本中写道:"酷热始终不散……这夏季的胜利使我处在永久的忧伤状态之中,在我身上灌了铅;过度的阳光包裹着我,如同裹尸布一样。"(Ghelderode,2001:75)主人公的身体在阳光的作用下变得沉重而僵硬,如同尸体一般。潮湿同样令主人公身体不适,如《雾》中大雾弥漫,药店的气味与大雾的气味的混合使主人公"对世间万物以及自己感到不适"(Ghelderode,2001:169),急于逃离这种令人窒息的环境。又如《黄昏》中的雨从清晨开始下个不停,房间如同一座坟墓,主人公在房间里"发霉",感到"水,我通过毛孔吸收水,水一点一点地使我膨胀"(Ghelderode,2001:179)。

外部环境还可以令主人公感到烦闷不安,甚至伴随着恐惧与绝望。在《病园》中,住宅窗前花园中的植物令主人公感到不安,甚至是感到恐惧,"这随着时间逐渐变得如怪兽般的植物的景象促使我感到不适，甚至恐惧"(Ghelderode,2001:54)。主人公认为，自己之所以感到不适与恐惧，并不是因为植物可能从花园中蔓延出来直到占据房屋，而是源于植物背后的神秘，"我的不安产生于一个念头：这个绿色的植物群能够并且*必须*①隐瞒神秘之事"(Ghelderode,2001:55)。《魔力》中的主人公在通向大海的列车上向自己提出了一个问题："生活，又或者说是因我们找不到明确的生存理由而出现的活着的不幸，在某个特定的地点，在某些我们应该马上离开以避免变得更糟的人的旁边，变得令人无法忍受。立刻抽身，置身于别处，生活或许会变得可以忍受吗？"(Ghelderode,2001:122)。生活对于主人公来说是难以忍受的、无理由的，这体现出了他对生活乃至生存的失望与绝望，这种消极情绪来自外部的环境、接触到的人甚至自己本身，因此他选择了踏上逃亡之路，试图改变现有的不幸生活。

　　身体上的窒息和不适与精神上的焦虑和忧虑时而结伴出现。在《魔鬼在伦敦》中，主人公心灵的痛苦来自其身处的环境——伦敦。对他来说，"我要与之进行斗争的最大的痛苦就是'伦敦痛苦'，这几个月来我混合着伦敦的空气呼吸着这种痛苦，如同在呼吸一种危险的气体"(Ghelderode,2001:29)，厌恶伦敦的心灵痛苦与呼吸危险气体的身体痛苦以类比的方式被叠加起来。在《你被绞死》中，主人公在半睡半醒之中看到载着犯人的卡车停在了绞架处，他在意识清醒后感到"恐慌，无情的恐慌在我的胸膛上打了一棍"(Ghelderode,2001:206)，他想呼喊却无法发声，"我想要大喊，但是我的嗓子发紧，我的嘴没有发出这无法抵抗的呼声：这哀怨的呼声"(Ghelderode,2001:206)。

　　可见，盖尔迪罗德笔下的主人公的身体因自身顽疾的发作和外部

---

　　①　"必须"在法语原文中为斜体，故此处中文翻译也采用斜体。类似情况后同，不再加注。

气候的变化而受到折磨，其心灵因外部环境而感到烦闷与恐慌，身心都经受着巨大的痛苦。除了疾病之外，人物的痛苦似乎多来自外部，然而仔细思考后我们不难发现，痛苦实际上主要来自主人公自身。外部的炎热与潮湿气候会对身体产生一定的影响，潮湿的伦敦、茂密的植物与日常的生活也会在一定程度上引发心灵的忧虑，但主人公对外部事物的消极解读以及由此产生的身体痛楚与精神忧虑，同样是对主人公内心无意识的不安与恐慌的折射。

二、被奇幻吸引的主人公

盖尔迪罗德的《公众作家》和《你被绞死》这两篇小说中的主人公都不自觉地受到奇幻的吸引，我们在此以这两篇小说为例，分析小说中的主人公是如何不自觉且不受控制地被奇幻吸引的。

首先，小说中的主人公意志消沉、难以自控，厌恶现实、向往过去。两位主人公无论是在思想上还是在行为上，在现实生活中都呈现出消极的色彩。《公众作家》中的主人公郁郁寡欢，他认为尽管自己带有善意，但"从来没能快乐过，也没能使别人幸福"(Ghelderode, 2001: 22)；《你被绞死》中的主人公毫无生机、思想消沉，他认为在时间与气候的作用下，他"或许会变得和这些无力的墙、静止的水、没有果实的树一样——变得无用并且没有任何现实意义，如同游荡在这些褪色的街区内的老人或狗一样，在这里激不起一丝回响"(Ghelderode, 2001: 190)。

这种消极色彩在行为上则表现为一种被动，即主人公难以控制自己的行为。《公众作家》的主人公在前往公众作家所在的博物馆时，看似是自行前往，实际上却是被动地由脚步牵引而去，正如他说的，"我闲逛的脚步把我带到了像一栋修道院似的被人们称为贝居安女修会的建筑"(Ghelderode, 2001: 9)，真正做决定的是他的身体而非大脑，大脑无法控制身体,因此主人公难以控制行为并成为自己的主人。夏天来临后,他每次都试图离开折磨着他的住所,但他缺乏控制行为的力气与勇气,只能把出行推迟到第二天,"如同人们因为怯懦而推迟必要的去看医生或去见神父的行程"(Ghelderode,2001:23)。在《你被绞死》中,主人公用命运来解释自己的行为,认为是命运造成了自己无力的状态,是命运跟他"耍了个恶毒的花招"(Ghelderode,2001:189),把他送到这座游客唯恐避之不及的堕落城市;主人公还认为,是命运强迫他看见绞架,"命运无情地把我带到旅馆的这个角落,靠着窗户,从窗户可以看见破旧的墙和它不祥的铜臂"(Ghelderode,2001:202)。

在身心无力的情况下,主人公赋予现实生活消极的色彩,追寻远离现实的过去。《公众作家》中的主人公认为,了解现代世界是一种不幸,他非常羡慕公众作家蜡像,认为"您在您的隔离墙内多么幸福,您不了解现代世界的一切,这是多么幸福!……我们不再写书法,我们只用野蛮的机器或工具写作,更甚者是:最后一个愚蠢的人都有了文学修养或接受了教育,甚至有了文凭,即使几乎没有什么人能以极低的准确度进行写作、阅读或交流"(Ghelderode,2001:17)。他渴望坐在公众作家身旁,希望自己和蜡像一样是一个"遗留至今的过去的人"(Ghelderode,2001:16)。《你被绞死》中的主人公把自己称为"看破寻常生活的不适应者"(Ghelderode,2001:193),他刻意和现实生活保持着距离,以防自己变得跟"居住在省会的斤斤计较的工厂主和爱慕虚荣的小资产者"(Ghelderode,2001:189)一样。他认为,居住在拿撒勒区每天都是悲剧,没有别的出路,只能逃离,他"坚定地沉溺于这座城市的过去,它过去强大而富有,现在却什么都不是"(Ghelderode,2001:189)。也正是因为这样,他沉迷于小绞架旅店,在那里"任何东西都不让我想起现下,一切都按照过去的样子被保存下来"(Ghelderode,2001:193)。

身心消沉的主人公在很大程度上避开了理性与现实,主人公无法避免地被奇幻吸引,又或者说主人公无法避免地要去追寻奇幻。这种追寻首先表现为对即将上演奇幻的所在地的追寻。《公众作家》中的主人公曾向位于贝居安女修会建筑内的博物馆捐赠了一笔钱以及几件藏品,他因此获得了建筑的钥匙,成了博物馆唯一的参观者。他经常在黄昏降临时来到博物馆,以至于他对博物馆几乎了如指掌,知道"每块石板会发出怎样的声音,每扇门后会散发出怎样的气味"(Ghelderode,2001:12)。他流连于博物馆之中,总是"不情愿地离开这充满回忆与梦幻的住宅"(Ghelderode,2001:12)。《你被绞死》中的主人公从来没有去过圣-雅克平原(Plaine Saint-Jacques),但当他第一次来到这个地方时,却发现自己认识这里,他清晰地记得平原上的每一个标志性建筑。从那天起,圣-雅克平原对他产生了某种吸引力,不管他愿意与否甚至抵抗与否,他每天散步的终点都是那里。主人公不得不承认,"我无法抵抗这神秘的吸引"(Ghelderode,2001:192)。

当主人公来到即将上演奇幻的所在地点后,他们无法避免地进一步追寻引发奇幻的人物或物品。《公众作家》中的主人公被公众作家蜡像皮拉杜斯(Pilatus)所吸引,这是一个他"在暗淡时刻乐于见到的人物"(Ghelderode,2001:12)。他反问自己:"如何不被一个住在教堂里、书写诗句并具有荣誉感的人吸引呢?"(Ghelderode,2001:13)最初主人公对皮拉杜斯有一种敬畏之情,他只敢在窗外观察,"担心打破因他(皮拉杜斯)的存在而使我沉浸的陶醉"(Ghelderode,2001:14)。主人公在窗外看到皮拉杜斯的手悬在半空中,似乎将要提笔又似乎将要落笔,这个动作使他产生了"足够强烈的情感"(Ghelderode,2001:14)。就这样,主人公在房间外徘徊了好几个星期,始终不敢推开门。当主人公鼓起勇气进入房间"拜访"皮拉杜斯时,他终于有机会向皮拉杜斯表达敬意,"皮拉杜斯大师,请接受我的敬意……我尊敬并重视您。不，我来不是为了向您要求什么，只希望您允许我自在地看着您"
(Ghelderode,2001:15)。同时他也产生了对皮拉杜斯之手的欣赏，认
为手比作家庄严的面庞更具有吸引力，"如此修长，如同半透明般"
(Ghelderode,2001:14)。至此，主人公和皮拉杜斯之间建立起了一种
友好关系，主人公有一次甚至差点把自己的手放在作家手上，他们成
了朋友。春天过后，主人公被炎热的夏日折磨着，他四肢无力、意识不
清，无法走出房门，但他内心仍旧牵挂着皮拉杜斯。他重复着，"出
门……去修道院，去皮拉杜斯那里。你为什么抛弃他？你现在确定他
能倾听你并理解你"(Ghelderode,2001:22)。《你被绞死》中的主人公
每天前往圣-雅克平原，冥冥之中他在平原上众多的旅店中选了一个
名为"小绞架"的旅店，他喜爱这里的环境清幽、客人稀少，从此成为小
绞架旅店的常客。主人公在和店主热夫(Jef)的谈话中提到了旅店取
名为"小绞架"的缘由，主人公开玩笑地询问旅店是否建立在行刑之地
上，热夫把主人公推到窗户边并用手指了指一个模糊的地点。主人公
什么也没看见，但他对绞架产生了强烈的好奇心。他多次追问："绞架
呢，您告诉我？"(Ghelderode,2001:196)"好了，热夫，这个绞架呢？"
(Ghelderode,2001:197)"明显是的……但……绞架呢？"(Ghelderode,
2001:197)主人公离开时强忍着不去热夫指出的地点探寻绞架，但第
二天他回到圣-雅克平原，他"明显无法不回来"(Ghelderode,2001:
198)。他沿着墙走到了热夫前一天指出的地方，发现了一个类似于绞
架的铜臂。回到旅店，热夫向主人公说明绞架的历史后，主人公感觉
自己注定要和绞架产生联系："这些说明使我陷入幻想之中。我无法
阻止自己思考这从来没有人注意到的铜臂，我有预感，我不可能不注
意到它。平原如此吸引我的秘密是不是就在这铜臂的手势里，在这死
亡的动作里？我难道不是无意识地来这里向这个杀人机器做祈祷的
吗？"(Ghelderode,2001:199)

　　盖尔迪罗德笔下的主人公往往在身体或心灵上经受着巨大的痛苦，他们意志消沉并厌恶现实，不自觉地被奇幻吸引甚至主动追寻奇幻，以此逃避可悲的现实生活，这使主人公被笼罩在了可疑与神秘的色彩之中。

　　在研究完盖尔迪罗德笔下的故事中主人公的特点后，我们将对欧文奇幻小说中的主人公进行研究。与盖尔迪罗德笔下特点鲜明的主人公相反，欧文笔下的主人公没有显露出过多特点，而是被笼罩在未知与神秘的色彩下。

三、信息不详的主人公

　　欧文奇幻小说中的主人公往往是信息简略甚至是信息不详的人，这使主人公在平庸之中透露出一丝神秘。

　　某些奇幻小说中的主人公出场时，欧文只简单地描写人物的动作，而人物的身份信息几乎被隐去。《黑球》中的主人公内特斯海姆（Nettesheim）一出场的描写就是他在宾馆里的情景："内特斯海姆离开阳台，走到床边坐下。他解开鞋子，然后直直地躺在床上，双手放在脖子下面，开始思考。他一会儿在买完报纸后要去外面吃饭，但首先他要整理行李箱，并且把他的蓝西服挂起来。明天，他将要见这些人……"（Owen，1987：25）"蓝西服"以及"见这些人"似乎暗示着内特斯海姆入住宾馆是为了公事而出差，但文中并没有正面提及，且句末的省略号有一种悬而未决的意味，让人感觉"这些人"的身份似乎不一般。在后面的文本中，欧文没有再对内特斯海姆的信息进行补充，而是开始了奇幻事件的铺垫与描写。《一件真正的中国工艺品》中的主人公没有姓名，他出场时正坐在火车上，"他在打盹。他一个人在火车车厢里。在这两个节日之间的淡季，几乎没有人去旅行。他看见了鼓动人们去瑞士度假的广告牌。他想到了冬季运动，想到了滑一天雪之后的疲惫,想到了加了甜酒的茶的味道,随后逐渐伴随着车轮转动的嘈杂声,他睡着了"(Owen,1987:61)。主人公在这个几乎没有人旅行的淡季坐火车出行,不禁使人产生疑问:他要去做什么? 或许是准备去旅行? 文中并没有回答这个问题,主人公从哪里来、到哪里去、要做什么都是谜团。

《突变》(«Mutation»)中的主人公同样没有姓名,看起来似乎是个失意的中年男人:

> 他洗漱完了。他感觉精神饱满。他刮好了胡子,没有刮伤自己。他往脸颊上和脖子上涂了一些柔和的乳液。他穿上带有巴洛克色彩的花朵的绿色和金色的罩衫。他走进餐厅,他的妻子已经在吃早餐了。她抬头看了他一眼,这一眼足以使他活力消散。他一言不发地不拘束地坐下,然后往他的红褐色的大陶瓷杯里倒咖啡。完成这个动作后,他突然感觉很疲惫。多年以来一直使他的生活阴云密布的沉重气氛显然夺走了他的勇气。(Owen,1996,25)

"带有巴洛克色彩的花朵的绿色和金色的罩衫"和"红褐色的大陶瓷杯"似乎显示出其生活品质不差,但妻子的打压与冷漠使他缺乏信心与活力,成了一个平庸与消沉的人。后文中也对此进行了补充说明,"他以前是另外一副模样,但没能够抵抗住妻子控制的需求,他的妻子逐渐摧毁了他个性中的活力"(Owen,1996:28)。

《在空房子里》中的主人公是"我","我"的身份也被完全隐去。开篇的一段话大致介绍了一下故事的基本背景,"我年迈的叔叔这次不能在他家里接待我,因为当下猩红热盛行,并且小维洛妮可(Véronique)感染上了猩红热。细节有它的重要性"(Owen,1998:

171）。主人公的大致身份只能从中推测，他回到家乡，但不知是为了何事。"细节有它的重要性"这一句话在这里指出了交代主人公不能住在叔叔家而只能住在邻居家的原因的重要性，这为主人公在邻居家里见证奇幻现象显现的情节提供了合理性。但这一句话在我们看来同样具有一丝幽默甚至讽刺的含义，因为关于主人公自身的细节完全被忽略掉了，细节的重要性在主人公的身份这方面似乎不再重要。

欧文对主人公的身份或特点略微做了一些介绍，但远远还不是完整的身份信息，其主要目的仍然在于服务情节的发展。《格里默尔女士的伟大爱情》(《 Le grand amour de Mme Grimmer 》)的开篇展现了主人公施蒂格利茨(Stieglitz)昏沉的身体状况，"施蒂格利茨先生在沙发上打盹。他不再年轻。在他吃完丰盛的饭菜后，他经常感觉到轻微的昏沉……他艰难地睁开双眼，看见格里默尔女士坐在他对面，用手紧张地敲打他的办公桌"(Owen, 1996: 89)。开篇展现了施蒂格利茨先生上了年纪且时常陷入昏沉状态的特点，此处并非在简单地提供人物的基本信息，而是在为下文中他出现幻觉的情节做铺垫。后文中又出现了施蒂格利茨先生的职业信息："她双腿交叉地坐在施蒂格利茨对面——她一直以来的顾问以及她的知己（当她认为他有用时）"(Owen, 1996: 90)。简短的职业信息旨在为施蒂格利茨先生和格里默尔女士的会面提供合理性，格里默尔女士因为想咨询离婚事宜而来找法律顾问以及朋友施蒂格利茨，这才引出了后续的奇幻事件。

《变形》中的主人公在故事开篇简单地介绍了自己，提供了一些看似无关痛痒的信息：

> 我很年轻，多愁善感，还有一点幼稚。我穿着带白边的黑色上衣。我从舞会上出来，激动而开心，带着黎明前特有的敏感。于是，我的心更易于接受，我的精神更灵敏，认为一

切似乎都是可实现的。我感觉到了一丝疲倦,它使我的感官更为敏锐,也使愉悦感更加强烈。我跳了一晚上的舞。我沉醉于音乐和光线之中。我的肩膀上有一点脂粉,这是一位女舞伴脸颊的痕迹,我不想把它擦去。我因为吸了很多香水味以及用手掌碰触了很多女人柔软的手臂而感到自己非常男人。我的眼睛里还保留着她们微笑的影像。我感到高兴、膨胀和自信。(Owen,1998:159)

这段开场没有提供充足的身份信息,职业、家庭、来舞会的目的都没有提及,但是我们从中可以得知某些信息,而这些信息为后文做了铺垫。一方面,主人公非常敏感,他在黎明前"更易于接受",他的"精神更灵敏",并且他认为"一切似乎都是可实现的",这似乎暗示着他对奇幻现象也抱有开放的态度,或许正是因为这样,由雕像化身而成的女人才在众人中选择了他,并让他送自己回家。另一方面,主人公年轻而好色,连舞伴留在自己身上的脂粉也不愿意擦去,可见他容易被女人吸引,这也解释了为什么当一个美丽女人提出让他护送回家时,尽管他口袋里钱不多,他还是欣然应允。这些关于主人公的信息并不能勾画出完整的主人公形象,其主要作用就是为下文做铺垫,增强故事的合理性。

此外,还有些关于主人公的描述暗示着他具有某些性格特征,而这些性格特征也使主人公的经历看起来具有一丝可疑的色彩。《母猪》的开篇对主人公阿瑟·克劳利(Arthur Crowley)进行了描写:

阿瑟·克劳利已经放慢了车速。他现在无时无刻不得不在想象中的障碍物前突然刹车。他有时相信自己看到了没亮灯的卡车的车尾,或者是横倒在路上的大树,又或者是

> 在这儿出现本不合理的东西,比如一艘小船、一辆灵车、一队
> 骑着自行车的童子军……他明白自己无法战胜令人厌恶的
> 疲倦。(Owen,1987:13)

克劳利在迷雾中开车时出现的这段幻视,既可以用文中说的"令人厌恶的疲倦"来解释,也可以用他自身具有的丰富的想象力来解释,毕竟"小船""灵车"和"童子军"这些风马牛不相及的东西都出现在了他的眼前。这里对想象力的暗示为后文埋下了伏笔,使人们对他讲述的自己在仓库里看见的一个母猪一样的女人产生了怀疑:那究竟是事实还是他想象的产物?

《死去蝴蝶的翅膀》(« Une aile de papillon mort »)中的主人公费多尔·格林(Fédor Glyn)看起来是个易怒、情绪不稳定的人。小说开篇就写道:

> 当费多尔·格林看到电子秤的指针无力地指到"2.9千克"时,他先是感到惊愕,随后突然感到生气。他粗暴地摇晃他刚刚站上的电子秤,用他张开的大手击打他刚刚投入硬币的小孔,并用手指不停地敲打刻度盘。随后他为做了这些徒劳的动作而感到失望,他继续在花园里散步。这令他无法接受。他感到恼火。(Owen,1998:131)

后文对他易怒的性格进行了补充说明:"费多尔·格林是个退了休的粗壮的船主。面色通红,容易发怒。并不复杂。他和爱发怒的妻子已经一起生活了32年,他们没有孩子,他的妻子让他的生活变得困难。"(Owen,1998:134)他的易怒和情绪的不稳定容易使人们对他的精神状况产生一丝疑问,从而对其讲述的自己称重时只有2.9千克的

奇幻事件抱有一丝怀疑。

总的来说,欧文仅仅对奇幻小说中的主人公进行最基本的描写,省略一切多余的信息,有时也省略一些必要的信息。欧文省略一切冗杂的信息,似乎是为了使小说中的主人公出场时看起来与我们日常生活中见到的平凡的人无异,他们往往没有引人注目的特点,仅仅是平凡甚至平庸的普通人。普通人在不知不觉中遭遇奇幻现象,这更能使人感到惊异与不安。同时,欧文关于人物的描写可以说没有一句是多余的,这些描写要么起着推动故事发展的作用,要么起着暗示主人公异常与古怪性格的作用。欧文省略一些必要的信息,似乎是为了增强悬念:主人公隐去的背景与经历是否与他所遭遇的奇幻现象有关?这往往是令人难以释怀的问题,也为主人公增添了一丝神秘的色彩。

除了身份成谜、行为古怪的主人公之外,盖尔迪罗德和欧文奇幻小说中出现的配角同样神秘而可疑。

五、可疑的配角

盖尔迪罗德奇幻小说中出现的配角身份可疑,透露着古怪。《公众作家》中的博物馆由议事司铎迪梅尔希(Dumercy)建立,他在主人公看来是"一位满头白发、脸上时常挂着微笑的朋友"(Ghelderode,2001:10)。博物馆早就已经整顿完毕,但迪梅尔希"想出了成千上万的理由来推迟博物馆的开幕,因为他一想到博物馆内无辜的藏品将被置于大众的目光下就会浑身发抖"(Ghelderode,2001:10)。他每次都说,"更何况,我的博物馆有它的参观者,就是您!……这就足够了"(Ghelderode,2001:10)。迪梅尔希精心建立了一座收满藏品的博物馆却不愿意将其对外开放,只赠与了主人公博物馆的钥匙,只愿意让主人公一人成为博物馆的参观者,他于无形之中把主人公引向博物馆内的公众作家。守门人达尼埃尔(Daniel)则是"一个古怪而难以形容的人"（Ghelderode，2001：11）。据说达尼埃尔从前在修道院时是与现任主教关系亲密的同学，他现在已经70多岁，仍是彬彬有礼的人，"他谨慎而古板的举止使他看起来隐约仍像是个神职人员"（Ghelderode，2001：11）。他独自一人在博物馆看守大门，主人公"尊重这位年迈的独身者，他旷达地遁世，在这个没有阳光时无法判断时间的花园里吸烟和做梦，满足于一只松鸦的陪伴"（Ghelderode，2001：11）。达尼埃尔的身份存在着一丝可疑，主人公在描述达尼埃尔时提到，"命运知道自己在做什么，在这个情况中，他（达尼埃尔）似乎处在应在的位置，他如同被监管的物品一样陈旧并积灰，又如同那些物品般珍贵而迷人"（Ghelderode，2001：11）。主人公某天离开博物馆时看见达尼埃尔沉浸在睡梦之中，"他轻轻摇摆着头，如同我留在身后的那些假人，成了博物馆的一件物品，处在停止的、平衡锤触地的钟表的滚圆眼睛的注视之下"（Ghelderode，2001：12）。于是，达尼埃尔既是博物馆的看守者，又如同博物馆物品的化身。守门人达尼埃尔的话语总是饱含暗示，他先是暗示主人公的归宿在博物馆内。主人公每次去参观时，达尼埃尔都拘礼地说："您就如同在您家里！"（Ghelderode，2001：11）表面上看是礼节性的问候，但他似乎在暗示博物馆是主人公的归宿。主人公在达尼埃尔持续的暗示中也认为自己是在家里，"毫无疑问，我在这幢建筑中如同在自己家里"（Ghelderode，2001：12）。然而，事实上，博物馆并不能为人提供归宿，而只能为物品提供住所，主人公在此被暗示为如同物品一般。此外，达尼埃尔的话语暗示了公众作家和主人公的相同之处。主人公饱受夏季阳光的折磨，夏天过后，他重回修道院去看公众作家蜡像，但发现公众作家不在原来的位置上，而是躺在角落里并蒙着白布。主人公处在惊愕之中，说不出话来，以为皮拉杜斯死了。达尼埃尔读出了主人公的想法，微笑着回答说："没死，只是有些生病了……阳光的受害者……"（Ghelderode，2001：11）主人公几天前也是阳光的受害者，两者都在阳光的摧残下变得支离破碎，皮拉杜斯暗示了主人公与皮拉杜斯似乎互为替身。

《你被绞死》中的旅店老板热夫同样是个古怪的男人。"老板是个矮小苍白、言语混乱、行为怪异、脾气古怪的男人。他独自一人生活，整晚都在喝酒，在椅子上睡觉，等待着第二天早上的第一批运输车。他压低声音发表长篇大论，不担心人们能否全部听懂。在黄昏的时候，他点亮一盏油灯并且给挂钟上发条。真是个奇怪的男人！人们管他叫热夫。"(Ghelderode,2001:193)主人公认为，热夫"酗酒的习惯使他变得模糊和非真实，把他留在了人为延长的梦境里"(Ghelderode,2001:193)，认为"这个充满难以表述的幻觉的男人和我一样，是个不适应现实生活的人，现实生活使他的幻想破灭，他现在活在幻想世界里"(Ghelderode,2001:193)。通过主人公的描述可以看出，热夫似乎是个与现实格格不入的人，"模糊"和"非真实"甚至在暗示他并不是现实中的人。热夫喜欢收集古物，还喜欢讲关于城市历史的故事，其中不乏各种奇幻故事。当有人问他怎么知道这些故事时，他的回答是："我看见了！"(Ghelderode,2001:194)这在显示他的幻想与疯癫的同时，也为他增添了一抹神秘色彩。热夫还对死刑与绞架有一种向往与热爱之情，他表明自己是死刑的狂热支持者，他"怀念没那么富有同情心、没那么伪善的人道主义的年代，当时人们公开处决什么都不是的人，有时候也处决有地位的人"(Ghelderode,2001:197)。热夫的一个客人——刽子手的曾孙布隆代尔(Blondeel)答应给热夫一段绞绳，热夫在提到绞绳时瞳孔因狂热而扩张，并在扩张后陷入了虚无之中。主人公认为他是看见了挂着绞绳的绞架，不禁怀疑他是疯子："我是不是认识了一个疯子？外表正常，头脑却被这可怕的物件控制住了，这每天都存在的、永恒的绞架。"(Ghelderode,2001:201)热夫与绞架有着千丝万缕的关系，他能看见主人公看不见的绞架，他对主人公说："它一直在这里,绞架。如果你认为我是一个看到幻象的人,那就去外面……您可以摸到它,圣托马斯的孩子!"(Ghelderode,2001:197)主人公正是在与热夫交谈后才产生了对绞架的强烈的好奇心,并且开始寻找绞架。

《圣物爱好者》中的古董商拉杜斯(Ladouce)先生平庸却又神秘。主人公仿佛被一种无形的吸引力所控制,渴望走进一家古董店。他并不想买店里的古董,而是对古董商拉杜斯先生充满兴趣。"我看,或者说是我观察拉杜斯先生,他是这些肮脏不堪的收藏品的点缀,是这个充满被掠夺的无主物品的洞穴的看门人。很长时间以来,我一直出神地看着他,却没有意识到这个平庸的人对我产生的吸引力。是空虚的吸引力吗?现在我意识到了。"(Ghelderode,2001:92)在拉杜斯先生的吸引之下,主人公决定前往古董店,他不准备买任何东西,而是打算去"欣赏"拉杜斯先生。主人公还在心中问自己:拉杜斯先生究竟是"物品、牲畜还是罕见的人类"?(Ghelderode,2001:92)随后是对拉杜斯的大段描写:

> 事实上,这个古董商在外表上没有任何特殊之处。他扁平而圆润的脸被半月形的嘴唇分隔开,他海螺形的眼睛和不明显的鼻子似乎属于某种圆形的鱼类。他的衣着也不引人注目。正是这种完美的平庸吸引了我,我得承认,这种平庸同时使我气愤。当我的思绪走远时,我看见他坐在椅子上,面朝街道,微眯着眼睛睡觉。他保持着这个舒服的姿势,在做什么?在等顾客?当人们推开经常用门闩上着锁的店门时,他并不总是从椅子上起来。他在做梦吗?他海螺形的眼睛里没有任何情绪,不悲亦不喜,也没有任何由兴趣引起的闪光。他漠不关心,如同冷漠的化身。(Ghelderode,2001:92)

　　从这段描写来看,古董商看起来就是个平庸的人,但主人公却确信这个人没有"命运"(Ghelderode,2001:93),也就是说他满足于眼前的生活,没有任何的期待。主人公继续思索:"拉杜斯先生难道不是这个存放着古物的商铺里的一件被遗忘的古物? 不,因为他会动。一个和我同一时代的人是如此平庸,并因平庸而幸运,我认为这是难以忍受的。"(Ghelderode,2001:93)古董商这个身份本身就带有一丝神秘气息,他对主人公产生的巨大吸引力更使他成为一个谜团,而用来形容他的字眼也为他增添了一抹奇幻的色彩:除了"没有命运"和"古物"这些词,欧文还用了"inexistant"(Ghelderode,2001:93)一词来形容古董商,这个词的原意是"不存在的",有时还可以指"毫无价值的、不重要的、平庸的",这更使古董商看起来与现实格格不入。主人公进入古董店后声称要买美人鱼,并且和古董商一问一答地聊起天来,当古董商看穿主人公并戳穿主人公对物件并不感兴趣也不想买这些物件的事实时,主人公在反驳后愤然离去。他远离古董店后仍往回看,他看见古董商"重新坐回了凳子上,因为刚才在肉体上需要*存在*片刻而疲惫"(Ghelderode,2001:95),再次暗示了古董商如同一个没有真实生命的存在,只是暂居于肉体之中。主人公对拉杜斯先生的好奇以及对其冷漠的不满使他决定对其进行一番愚弄,让拉杜斯先生偷圣物,正是这样才将主人公与圣物联系了起来。看起来似乎是主人公主动提起圣物,又似乎是圣物通过拉杜斯先生在暗中引导着主人公去寻它。

　　欧文的奇幻小说中同样有着神秘的配角,正是这些配角引领着主人公走上了遭遇奇幻的道路。在《谋杀罗兹女士》中,欧文描写了一位神秘的男子。主人公在酒吧里遇到了一名神秘的年轻男子:

　　　　一名年轻而奇怪的男子走进来,他浑身湿透,看起来有一丝可疑。他看起来像是失业的小职员或在逃的罪犯。他的脸颊细长而苍白,鼻孔紧绷,嘴唇发白,人们几乎要相信他马上就要病倒。他倚着一张凳子,带着惊恐环顾四周,如同他刚刚逃出了一个巨大的险境。但他很快就恢复过来,向四周微笑(蹩脚的微笑,充满疲倦),他发现了我并朝我的桌子走了过来。(Owen,1998:142)

"可疑""苍白"和"惊恐"使男人的身份和经历引人怀疑。主人公继续描述这个可疑男子的外形,"这奇异的清澈的眼睛,带着彩陶般的蓝色,如同孩子的双眼般纯洁"(Owen,1998:142)。"孩子"和"纯洁"与前文的"小职员"和"逃犯"形成对比,可见这个男子身上存在某些矛盾的特征。同时,男子在酒吧的众人之中选择了主人公,这也显得很可疑。他径直走向主人公的桌子后仔细地观察主人公,并且坐在主人公对面谈论坏天气,随后他直视着主人公的双眼,把手放在主人公的手臂上说:"我很喜欢您。我们一会儿一起去*做点*别的事情。……我们去勒死罗兹女士。"(Owen,1998:142-143)当男子发出这个奇怪的邀约后,我们暂时无法判断他是在开玩笑还是确实在邀请初次见面的人和他一起去谋杀别人。尽管如此,主人公仍选择了和他一起离去,并进行一场冒险。

六、真实而神秘的女人

与盖尔迪罗德相比,欧文的奇幻小说中有着更多的女性角色。欧文的奇幻小说中出现了各式各样神秘而古怪的女性,可见,欧文似乎对神秘的女性形象情有独钟。欧文善于观察,在描写女性时运用了众多细节的描写,勾勒出真实的女性形象。这些女性尽管一开始看起来与现实中正常的女人无异,却在不经意间流露出一丝古怪。

《格里默尔女士的伟大爱情》中，年迈的格里默尔女士神秘而古怪。文中开篇不久出现了两处关于格里默尔的明喻与暗喻，一处是"这是一位爱打扮的年迈女人，面色憔悴得如同一只被拔光羽毛的鸟"（Owen，1996：89）；另一处是"格里默尔女士四十年前是漂亮的贝蒂娜（Bettina）①，现在不过是个涂抹胭脂的幽灵"（Owen，1996：90）。从引申义看，格里默尔女士被比作"拔光羽毛的鸟"和"涂抹胭脂的幽灵"是为了强调她的面色憔悴与热爱打扮，但这样的明喻与暗喻多少给人以怪异与不适的感受。从原义上看，格里默尔女士就是一个"涂抹胭脂的幽灵"，故事的结尾也证明了这一点，因为格里默尔女士在这之前已经去世了。

《一件真正的中国工艺品》中，主人公在火车上遇到的女人同样神秘。主人公原本独自在车厢内，一觉醒来发现自己对面坐着一个女人。主人公先是暗中观察，随后大胆地注视她：

> 她穿着一件深色的厚大衣。可能是一件皮大衣，她舒适地将自己裹在里面。她的头发是棕褐和金色的。她穿着黑色的带着细细羊毛花边的长筒袜，形成了古怪的装饰画。她交叉着双腿。她一直低着头看书，因此很难看出她的相貌特征。她的年龄大概是三四十岁。她有着纤细的双手和小小的耳朵。一副玳瑁架的大眼镜阻止他发现更多的东西。（Owen，1987：62）

"难看出她的相貌特征"和"阻止他发现更多的东西"既展现出主人公对女人的好奇心，又给女人增添了一层神秘色彩。主人公随后进一

---

① 贝蒂娜·兰斯（Bettina Rheims），法国人，出生于 1952 年，在 20 世纪 70 年代曾经是模特，结束模特生涯后成了摄影师。

步观察："她在认真读书,带着热情,有时候停下来思考,闭着眼睛,轮廓明显的嘴边浮现出一抹奇特的淡淡微笑。有这么一次或者两次,她吸了一口气,然后分开交叉着的双腿,又再重新交叉。始终紧紧地将自己裹在大衣里面。"(Owen,1987:62)女人读书时的一举一动无可厚非,但在主人公看来,"这一切看起来都是伎俩,是一种暗暗的撩拨,但非常精明,他必须努力才能克制住自己,暂时不和女人说话"(Owen,1987:62)。女人对他有一种无形的难以抗拒的吸引力,这更为女人增添了一层神秘色彩。之后,主人公忍不住询问女人在看什么书,女人便把书给他并让他大声读出来,在主人公读书时女人看起来似乎身体不适,随后有所好转。此时,"虽然她依旧坐在他对面,疲惫不堪,但在他看来,她似乎越来越远,似乎产生了一种难以解释的距离,她似乎消散在时间与空间中,她似乎只是从远处和过去被看到的一个景象、一个简单的投影、一张不牢靠的幻灯片"(Owen,1987:64)。这些文字乍一看似乎是在描写女人的冷漠和捉摸不定,但又似乎是在描写女人正在逐渐消失,似乎女人只是个影像,而不是实体……至此为止女人显得愈发神秘与古怪。

　　女人的神秘除了从外貌描写和他人的感受中传递出来,有时还从女人和他人的对话中体现出来。在《女乘客》中,女人回答问题时的含糊不清就容易使人产生不信任感。主人公遇到了一个神秘的女人。主人公在一个雨夜里开车,一个女人向他招手并搭乘了便车。在主人公看来,"这是一个不起眼的矮小的女人,我在别处很难注意到她。她穿着合身的雨衣,戴着配套的遮雨帽。她看起来像是电影《雾码头》①中的人物"(Owen,1996:67)。主人公问女人在桥上干什么,她回答道:"我在躲

---

　　① 电影《雾码头》(Le quai des brumes)也被译作《雾港》或《浓雾河岸》。《雾码头》是马塞尔·卡尔内(Marcel Carné)执导的犯罪片,于1938年5月在法国上映。影片讲述了曾在殖民地服役的法国逃兵让(Jean)在潜逃途中遇到奈莉(Nelly),他们一见钟情,但让最终被黑社会人物打死的故事。

雨。"(Owen,1996:67)主人公认为，"这不是一个回答"(Owen,1996:67)，
并对女人产生了诸多猜测，猜测她可能是被车带到那里的，可能是错过
了一次约会，并感染了风寒。主人公继续询问女人的职业，女人继续让
主人公猜测，她最终揭晓谜底，说自己是指甲修剪师。主人公询问女人
的年龄，女人依旧让主人公猜测，主人公猜测她大概在二十二岁到二十
五岁之间。女人回答道："是的，差不多。"(Owen,1996:69)主人公问她
住在哪里，她回答道："离这里不远。在 N，离这里大约有两公里。"
(Owen,1996:69)主人公追问她是否和父母住在一起，她不再回答，而是
扣上自己雨衣的扣子，似乎准备下车。女人回答的含糊不清让主人公
产生了不信任感，主人公认为女人在撒谎："我告诉自己，这个女人并不
仅仅是指甲修剪师。她在骗我。"(Owen,1996:69)当到达目的地时，主
人公感到她"愈发陌生和疏远"(Owen,1996:70)。

　　在《雨之少女》中，少女看似开玩笑的话语不由得让人感到惊恐。
主人公德佩尔刚吉在雨中遇到了一位"头发蓬乱的少女，她的脸庞让
他想起了画作《拿破仑在阿尔柯桥头》①。她年轻而苍白。她对着他
微笑。她穿着黑色羽绒服和紧身的灰色裤子。*她的双手上沾着鲜血*"
(Owen,1996:33)。主人公对少女说她的手上沾了血，她对此做了肯
定的回答，"是的，血对皮肤非常好。血和雨使肌肤非常柔软。它相当
于世界上最好的面霜和按摩"(Owen,1996:34)。主人公开玩笑地对
女人说她杀了人，女人回答道，"什么都瞒不过您"(Owen,1996:34)，
且女人回答时的神态局促却又平静，"女人稍有些局促不安，犹豫了一
下，用舌尖舔下了流到她嘴唇上的一缕雨水，并且平静地回答"
(Owen,1996:34)。这段对话模棱两可，既像是两个人之间虚张声势

---

① 《拿破仑在阿尔柯桥》(*Bonaparte au pont d'Arcole*)由浪漫主义先驱安托
万-让·格罗(Antoine-Jean Gros)绘制。1796 年,格罗跟随法军到达阿尔柯(Arcole),在
那里为拿破仑作了一幅他在桥头插旗的肖像,即为此画。

的玩笑，又像是谋杀被拆穿后的故作镇定。随后，当女人请求德佩尔刚吉帮助自己并且态度变得严肃而紧张时，德佩尔刚吉预感到"某些重要的事情此刻正在上演，他今晚没法离开了"（Owen，1996:34）。

除此之外，在欧文的奇幻小说中，他还描写了具有异域风情的女人，这种异域风情本身就带着一丝神秘，如《变形》中的女人。主人公在晚宴结束后准备打车回家，"一位非常年轻的、美丽的、披着带白狐狸毛领的黑丝绒斗篷的女人"（Owen，1998:160）开口搭讪，主人公决定坐出租车送她回家。这里对女人的描写充满了异域风情：

> 我看见了她洁白的牙齿。她优雅地在脖子上系上蚕丝纱巾，纱巾压住了她的秀发。她说话时带着难以描述的口音，肯定是外国口音，她发出的元音带着令人惊讶的音色。她因为愉快而泛红的脸颊和眼角轻微上斜的闪亮眼睛，使她散发着略微不自然但无可比拟的光彩。我为自己没有更早地发现如此迷人的美人而惊讶不已。（Owen，1998:160）

主人公在出租车里和女人闲聊时得知她是外交官的独生女，曾在中国待过好几年。随后的描写继续强调女人的东方异域美感，东方文化对西方人来说本来就极具神秘色彩，而一个具有东方美感的美人则增强了神秘的诱惑：

> 在路灯断断续续的光线下，我时而无意中看见我身旁女人脚上带着金银箔片的皮鞋，时而在我胆敢抬头看她时看见她隐藏在白色皮毛领中的纤长的脸颊。她在微笑。她的轮廓异常柔和，带着些许东方美感。她轮廓明显的樱桃小嘴令人心醉神迷。毫无疑问，如绸缎般动人的丝滑。（Owen，

1998:162)

可见,欧文常常将奇幻与肉欲结合,其作品中的女人是美丽的、迷人的、神秘的,但她们有时会运用自己的美丽去迷惑他人,以此实现自己神秘的甚至邪恶的目的。

七、可疑的动物

除了可疑的人物,奇幻小说中的动物同样可以令人不安,它们往往透露出不祥的气息,甚至充满敌意。在盖尔迪罗德的《公众作家》中,松鸦在鸟笼深处就能看见主人公的到来,每当主人公进入修道院的大门它就发出"阴森的叫声"(Ghelderode,2001:11),并且竖起羽毛做好袭击的准备。主人公因身体不适,一个夏天都没有来博物馆。当主人公再次踏进博物馆的花园时,还没走几步,松鸦就发出了"可怕的叫声"(Ghelderode,2001:25)。主人公发现松鸦处在一种异常气愤的状态,担心它撞上鸟笼的栏杆而身亡。阴森而可怕的松鸦令人感到它并非无辜的生物,它散发着不祥的气息,在阴暗中窥伺着主人公,等待着离奇事件的发生。

《你被绞死》中的喜鹊同样是一只古怪的鸟。它喜欢停留在柜台的锡器上,每当寂静的黄昏来临,它总在人们不注意时发出叫声;一旦人们注意听,它就不再发出声响。它锐利的目光一直追随着主人公,主人公"感觉被一只专心且充满回忆的眼珠监视着。这只喜鹊如同它的主人一样也知晓很多事,带着黑暗也带着光亮,处在理性思考的边缘"(Ghelderode,2001:194)。某一天,旅店产生的熟悉感引发了主人公关于自己身份的思考,他思考着自己是谁又在这儿做什么,他自己也分不清是在头脑中进行了思考还是在暗自低语,说出了自己的疑虑,但喜鹊似乎清楚地听到了他的疑虑:"一声嘲讽的笑声从大厅的深处发散开:喜鹊在取笑我的困惑!"(Ghelderode,2001:195)此后,主人公有一段时间因恐惧诅咒而没去旅店。但当他重新去旅店时,他又感受到了喜鹊的讽刺,"一声老女人的笑在门口迎接我:喜鹊看见我时放声大笑,它翅膀生硬的拍打声如同讽刺的掌声"(Ghelderode,2001:204)。主人公对此感到困惑:"这古怪的鸟怎么能在我好几个月没来后仍认出我来,而且还是从只有邻近路灯发散的光亮笼罩的阴暗的大厅深处认出我来?"(Ghelderode,2001:204)喜鹊在文中呈现出了聪明、深奥、不祥的形象,是阴森气氛的重要构成因素,暗示着不寻常的事件即将发生。

在欧文的《夜游》(«Nocturne»)中,主人公走到了几年前一个无名氏死去的地方,这时一只奇怪的狗出现了。这只狗"没有颜色,没有尾巴,没有耳朵"(Owen,1998:48),狗的外貌描写给人以怪异的感觉,它甚至看起来不像是一只狗,或许只是长得与狗相似的不存在于现实世界的某种未知生物。这只奇怪的狗引领着主人公前进,"它停下来并无礼地注视着我。随后它往前走了几步,又扭过头来观察我。我一动不动。它依旧往前走,并再次使用它回头的伎俩,看看我是否跟着它走"(Owen,1998:48)。在狗的引领下,主人公进入了类似于现实世界但又与之不同的平行世界,目睹了种种奇幻现象。在故事的结尾,主人公再次遇到了引导他进入平行空间的狗,正是这只狗又引导他回到了现实世界,"当我慢步闲逛时,我发现一只狗在前面小跑。它停下并且回过头来看我是否跟着它。这是一只可笑的狗,没有颜色,没有耳朵,没有尾巴……是那只狗!它看起来在引领我,在送我离开。我吹了一声口哨,它消失了"(Owen,1998:55)。"消失"一词暗示了狗的不同寻常,或许是狗跑得飞快以至于它看起来消失了,又或许是狗从现实世界消失并回归了平行世界。狗似乎是奇幻事件的帮手,负责引领主人公进入奇幻的平行世界;当主人公经历了平行世界内的奇幻事件后,狗又负责将他送回现实世界。

在欧文的奇幻作品中,除了单纯地描写古怪的动物之外,动物往往还具有隐含意义,如蛇代表邪恶,蟾蜍代表死亡,老鼠和猪代表肮脏阴晦甚至令人厌恶的存在。他的作品中,动物还通人情,或者反过来人具有动物性,比如在《癞蛤蟆地窖》中人被动物打败,而在《母猪》和《黑色的球》中人变形为动物。

和其他类型的小说相比,奇幻小说中的人物看起来没有那么丰满,因为奇幻文本更注重事件,不过多关注人物是谁,而关注在人物身上发生了什么。"奇幻文本为难以解决和不符合惯例的事件留出了很大空间,它展现的通常是消极的人物,因为它仔细研究事件在现实世界中发生的方式并且从中得出结论,以此确定人物的身份。"(Bessière,1974:14)奇幻小说的人物主要为奇幻事件服务,他们的平凡与普通使故事看似发生在现实中,他们的神秘中又埋下了奇幻的种子,为奇幻的显露做好充分的准备。但不可否认,奇幻小说中的人物具有其自身的特点,他们往往是消极、神秘、古怪的,他们在为情节发展服务的同时,也体现出了人类身上隐藏于暗处的一些神秘、黑暗特质。

在这一章中,我们对奇幻的端倪进行了探析,认为奇幻的端倪主要体现在异常的现实环境和可疑的人物、动物上。一方面,由于奇幻和现实相互依赖、相辅相成,奇幻作家总是以现实世界为基本框架,通过着力描写现实世界使故事背景看起来与我们生活的现实世界如出一辙。另一方面,奇幻小说毕竟与现实主义小说不同,奇幻小说作家的环境描述又不是停留在对现实世界的构建上,而是使现实笼罩在奇幻的阴霾之下。盖尔迪罗德和欧文经常描写荒凉、寂静、昏暗的现实环境,营造令人感到不安与恐惧的氛围,为下一阶段奇幻的显露做准备。两位作家还喜欢运用明喻、暗喻、拟人等修辞手法来描写环境,引申义将人们留在现实,但其原义则指向某种奇幻色彩,这种修辞带来的张力使人们在现实世界中隐约瞥见奇幻的端倪。除了异常的环境之外，主人公与配角的古怪与可疑同样暗示着奇幻的存在。盖尔迪罗德笔下的主人公如同他自己的化身，他们受到肉体与精神上的双重折磨，意志消沉并厌恶现实，这些特征使他们不自觉地被奇幻吸引，以此逃避可悲的现实生活。欧文奇幻小说中的主人公往往是信息不详的人，欧文很少花费笔墨描述主人公，而使主人公在平庸之中透露出一丝神秘。对主人公某些身份或特点的描述远远不足以勾勒出完整的人物形象，其主要目的似乎还是在于服务情节的发展。偶尔对主人公身份或特点进行的一些描述暗示着他们具有某些性格特征（想象力丰富、敏感易怒等），而这些性格特征为主人公增添了一层可疑的色彩。除了主人公之外，配角同样身份可疑：盖尔迪罗德的奇幻小说中出现的配角透露着古怪，似乎在暗示着奇幻即将上演；欧文的奇幻小说中则出现了众多具有神秘色彩的女性配角。而有时候不仅是人，甚至动物也透露出古怪与异常。当构建了现实的框架并使奇幻露出端倪后，奇幻文本将进入下一个阶段——奇幻的显露。

第四章 奇幻的显露

奇幻的显露是奇幻文本情节发展的必经阶段，也是关键阶段，因为奇幻小说不能停留在现实阶段，奇幻必然在某一刻显露出来，颠覆现实世界。常见的颠覆现实世界的奇幻现象包括魔鬼、幽灵、活死人、吸血鬼、替身、秘术、巫术等等。我们在"奇幻的显露"这一部分不旨在面面俱到地对各种奇幻现象进行主题分析，而是试图对奇幻的显露模式进行分析。奇幻的显露不是抽象的而是具体的，其直观体现是对具体的现实世界法则的颠覆，我们在这一章中从模糊的生死界限与消融的时空界限这两方面对奇幻的显露进行研究。

第一节 模糊的生死界限

生与死是两个既定的相互矛盾的事实，这是人们最为熟知的现实世界法则。生存与死亡这两个状态是无法共存的，而且两者的转化方向是固定的，一切自然界中的生物都经历着从生到死这一不可逆的过程。但生与死在奇幻小说中却交错存在，两者界限模糊，构成了奇幻显露的重要维度。

一、具有生命的物

奇幻诞生于现实世界之中并不再受现实世界的约束，本来没有生命的物体开始有自己的意志，成了有生命的存在，生死界限被打破。欧文笔下的村庄、雾、雕像等客观存在都开始具有生命，它们成了奇幻现象的受害者或帮手，甚至成了奇幻的化身。

在《生命停止》(《 Et la vie s'arrêta ...》)中，村庄是奇幻现象的受害者。某天夜晚，静谧的村庄里响起了男人沉重的脚步，男人高大的轮廓在月光中显现出来，村庄里的一切都随着男人的到来而停滞：热爱收藏钟表的男人突然感到一阵令人恐惧的寒风而钻进被窝，并发现自己的钟表突然停止；热爱收集古币的医生心脏病突发，却发现已经没有力气为自己注射救命的药物；年迈的女人在照镜子时发现自己全身无法动弹，心爱的宠物狗奄奄一息……随着她发出的一声尖叫，男人的脚步声逐渐远离并减弱，村庄从停滞中被解救出来，一切都恢复了正常。小说中关于村庄的描写与奇幻的发展保持着一致的步调，在神秘男人来临之前，"村庄一片寂静，死一般安静，沉默的房屋胆怯地排列在街道旁。装卸车向空中的星星延伸，臂膀举起，以一个无用的乞求的姿势……这不是和平，而是一种不安的等待。村庄并非在安详地沉睡。它闭着双眼，堵住耳朵"(Ghelderode, 1998：23)。村庄如同已经感知到某种危险的受害者，又如同神秘男人的帮凶，在他来临之前选择缄默，做好周全的准备，等待甚至迎接他的到来。温泉是村庄中唯一中立的角色，"没有判断力的喷泉继续流动着细细的水流。只有她，在清澈的夜色中轻轻地沙沙作响，充满自信，没有感受到忧愁。水流银光闪闪而又洁白。她在歌唱……当男人经过她的时候，她停止流动"(Owen, 1998：24)。在环境描写中，她如同村庄里唯一无辜的存在，她善良而愉悦，却难逃停滞的命运，暗示着村庄中人们即将面临的厄运。当带来诅咒的男人因为尖叫声而离去后，"喷泉重新开始歌唱，白色的银光闪闪的水重新开始流动，什么都没有意识到"（Owen，1998：33）。喷泉重新开始流动，带来了村庄的复苏，村庄中的动物们也开始发出声音，村庄活了过来。

在《母猪》中，天气成了奇幻的帮凶。主人公克劳利在开车途中碰到了大雾，"从乡野的各个地方生出，这些微小的絮团状的实体互相召唤，一同汇聚，逐渐形成难以穿透的整体"（Owen，1987：13）。克劳利虽然减慢了车速，却因为大雾而出现了种种幻觉，被迫在一家名为"丽春花"（Coquelicot）的小旅馆里寄宿，有生命的大雾似乎有意识地引导克劳利来到这家旅馆，由此展开奇幻的旅程。主人公在见到母猪般的女人后做了一晚上的噩梦，第二天醒来后，"他向窗外望了一眼，看见了从大雾中抽离的原野，辽阔的草原牧场上布满了铁栅栏造成的长条伤痕，角落里有一排长着浓密、短小绿叶的柳树"（Owen，1987：19）。大雾消散，柳树重新让满是伤痕的草原显现出生机，一切都已经过去，恐怖的奇幻事件被留在了昨天。

在《变形》中，活生生的女人变成了雕像；又或者说，女人一开始就是雕像变形而成的。我们在前文中已经提到《变形》这篇小说，并分析了小说中充满异域风情的美丽女人的神秘之处。主人公在晚宴结束后打车送这个女人回家，到达目的地后主人公提出要陪伴女人走到家门口，并目送她走进家中。至此为止，女人虽然充满神秘色彩，却是个真实的有血有肉的存在，文中多次出现了对她动作的描写，如"年轻的女人下了车，转身面向我，微笑着向我伸出手"（Owen，1998：62）；"女人一边从装饰有黑色珍珠的包里拿出一串钥匙，一边对我说，'就是这儿，再次感谢'"（Owen，1998：163）；"她做手势让我别发出声音，她伸出来的手指此刻似乎在召唤沉默"（Owen，1998：163）；"年轻的女人朝我点了一下头（这是嘲笑还是遗憾？），并迅速地走进了屋里"（Owen，

1998:163-164）。但主人公回到家中后做了一个奇怪的梦，一个似乎揭示了现实的梦。在梦里，主人公站在一条铺满雪的小路上，手里拿着一个材质珍贵的小雕像，"这是一个穿着优雅的女人的小雕像，比例优美，她的脸对我来说并不陌生。它让我想起那个我送回家的外国女人，又或者是让我想起她手提袋上那用来做扣环的奇特的东方玉石浮雕"（Owen，1998：166）。这暗示了梦里的小雕像和外国女人具有某种相似之处，两者之间似乎存在某种联系。主人公知道这个雕像很珍贵，很爱惜它，但他似乎受到了某种力量的控制，无法控制自己地将小雕像猛地扔在冰上。令他惊讶的是，小雕像并没有碎，而是直立在冰面上。他小心翼翼地将这珍贵的小雕像抱在胸前，却发现"奇怪的事情是，她现在是温热的，具有了神秘的生命"（Owen，1998：167）。梦境清楚地暗示了雕像因为主人公而开始具有神秘的生命，但梦境毕竟只是梦境，主人公也只能问自己："这样的梦境意味着什么呢？"（Owen，1998：167）第二天，主人公反复想起前一晚的梦，难以控制自己，决定去找那天晚宴上的女人。主人公到达女人的住处后发现，这个房屋正待出售，主人公敲门也没人回应，当他通过窗户向房屋里看时，竟发现里面是空的。最终，主人公推开门走了进去，在一个大厅里，主人公看到了惊人的景象：

> 一个巨大的雕像耸立在我的面前，占据了所有的空间，从地面一直到玻璃屋顶。这是一个女人，既是晚宴上的女人，又是我梦中的小雕像，她们俩融合在了一个庄严的雕像之中，这个雕像非常清澈，呈现琥珀色，我现在认出了她丝滑的材质，也正因为如此，我不敢触碰她。（Owen，1998：169）

此处的"丝滑"在上文中出现过一次，用来形容晚宴上的女人，她有着"如绸缎般动人的丝滑"(Owen,1998:162)。主人公的所见暗示着没有生命的雕像变形成了女人,而女人此刻又变回了雕像,物品与人的界限被打破。

雕像具有生命的情节也出现在了盖尔迪罗德的小说《圣母孤独》中。多娜·玛丽亚(Dona Maria)是一座圣母像,盖尔迪罗德对圣母像外貌的描写似乎是对一个孤独而悲惨的女人的描写:

> 很少有人知道她位于这堕落的庙宇中,周围有众多低等人在游荡;她位于小礼拜堂的交叉通道处,和她那些身上点缀着红宝石和珍珠、头戴桂冠的丰满、灿烂、喜悦、有福气的表姐们——别的圣母像相比,她是不体面的圣母像……她身穿丧服。她暗绿色的脸颊、苍白的嘴唇、干枯的双手、烧焦的眼皮显示出她极度的屈从和极度的悲痛,且她的位置偏向空隙,她似乎做好了跌下祭台的准备。(Ghelderode,2001:161-162)

在法语原文中,圣母像对应的主语人称代词为"elle",既可以指阴性的物体①,也可以指女人。如果我们将"elle"理解为代表阴性的物体,也就是"它",那么圣母像就是没有生命的客观物体。如果我们将"elle"理解为代表女性,即"她",就既可以表明主人公对圣母像有着强烈的感情,也可以表明圣母像确实是有生命的奇幻存在。小说文本中

---

① 法语名词分为阳性和阴性:人与动物等有生命的东西按自然属性来划分阴阳性;表示事物的名词则被赋予了固定的性,并不遵循特定的规定,但非阳即阴。

的"elle"这个词本身似乎就已经暗示了人与物之间界限的模糊。①

主人公对圣母像有一种依恋,他承认"一个女人占据了我的生命"(Ghelderode,2001:160),而他所说的这个"女人"就是圣母像。主人公之所以被圣母像吸引,是因为他和圣母像一样孤独。主人公每天早上去看圣母像,有时候晚上也去。他坐在祭台的一角,一言不发,不向圣母像做任何的祷告和祈求。在主人公看来,"她(圣母像)的存在使我感到安慰,我猜想我的存在也使她感到满意"(Ghelderode,2001:162)。本来不具有生命和情感的圣母像在主人公心里似乎具有某种情感。某个周日,圣母像身上发生了一个奇迹,她"活"了过来:

> 但她的目光使我呆若木鸡。因为她在看我。在这昏暗的脸上,她的眼皮抬了起来。我一阵眩晕,感到不确定。随后,我感觉到像是有磁性一样被送到了台阶上。这样悬浮着飘向我喜爱的存在,太令人不安了! 圣母用黄杨在唇间吹哨,但她的双唇并未张开,她着急地对我说,如同她触犯了一条指令:"你是自始至终唯一一个没有向我提过请求的人。快回答! 你想要什么? 我会答应你的请求。"(Ghelderode,2001:164)

二、死而复生

如果说物品具有生命是本来没有生命的物开始成了有生命的存在,那么死而复生则是死去的人再次成了有生命的存在。死而复生是

---

① 在本书中出现的《圣母孤独》的译文中,笔者将圣母像翻译成了"她",因为圣母像在主人公的心目中占据着重要的位置,主人公将圣母像看作"女人",且圣母像在后文中确实"活"了,并对主人公说了话。

常出现在欧文作品中的主题,大体上分为两种:一种是死人以隐秘的方式影响着活人;另一种则更为颠覆现实的自然秩序,即死人幻化成与常人无异的人并出现在现实生活中。

欧文笔下离世的人以隐秘的方式影响着活人,传递某种重要信息。由于死人并不以实体的方式显现,因此这种模式的死而复生往往是通过主人公的视觉、听觉和触觉等来实现的。在《在空房子里》中,主人公来到叔叔所在的城市,因为叔叔的孩子得了猩红热,所以叔叔无法邀请主人公到家中居住。正巧邻居梅罗瓦克(Mérovac)外出旅行,需要八天左右的时间才能回来,叔叔便为主人公在梅罗瓦克家中准备了一个房间让他暂住。主人公深夜从梦中醒来,他认为"某些罕见的事情"(Owen,1998:174)正在这个屋子中上演。

罕见事情的发生大致分为两个阶段:在第一个阶段中,主人公听到有人进入房子,却看不见人,这一阶段主要借助主人公的听觉和视觉来描写。主人公先是听见有人进入房子:"在外面的花园或者谷仓里,一只狗高声吠叫,我似乎半睡半醒,不是非常确信。我紧张地等待,屏住自己的呼吸。这时奇怪的事情发生了。*有人在一楼走动*。我听到了脚步声,似乎是偷偷摸摸的脚步声,但是非常清楚。有人进入了梅罗瓦克的家中吗?"(Owen,1998:174)声音消失,寂静了一会儿之后,主人公再次听到脚步声:"脚步声再一次响起,脚步声变得更近,似乎在楼梯上。他突然停下。过了片刻,我清晰地听见房屋大门砰的一声关上。*有人刚刚出去*。"(Owen,1998:175)主人公立刻跑到窗前,打开窗户,想要透过窗户看到神秘的访客,结果却是"什么也没有,完全什么也没有"(Owen,1998:176),主人公没有看到任何人离开的踪迹。欧文对"*有人在一楼走动*"与"*有人刚刚出去*"这两句话使用了斜体,似乎在强调房间里确实有人,然而这并不是对现实的描述,因为主人公并没有亲眼看见有人进入房子或离开房子,这只是主人公自己的臆测。对房子里有人的强调与从未亲眼看见有人的事实之间,形成了一种"有人"与"没人"的矛盾。

在第二阶段中,主人公等了半天也没有看到有人离开,决定回到床上睡觉,却感觉到床上有某种"柔软、潮湿、黏稠"(Owen,1998:177)的东西。这里主要借助主人公的触觉来描写:

> 噢!这恶劣的、令人反感的感觉!我刚刚在半夜起床,当回到刚刚离开的床单准备重新睡觉时,却发现了某些柔软、潮湿、黏稠的东西,如同一个意外溺水的人用他冰冷的裸露身体贴紧你,而他几乎是在瞬间消失的,给人留下了足够的意识去回想起刚刚的恐惧并无意识地战栗……我一动不动,因为恐惧而浑身僵硬,我的脖子上留有这冰冷而柔软的东西触碰的感觉,而这个东西刚刚消失,化为虚无。我的手带着犹豫和厌恶触摸我身旁的床面,试图寻找那个东西,但是什么也没找到。(Owen,1998:177)

第二天早上,主人公去找叔叔,想要告诉他昨晚发生的这件怪事。主人公在河里看到了一具尸体,"在被水流带到河岸的水中,有一具几乎裸体的男人的尸体,恐怖地发胀,如同搁浅的小船,他的脸非常肿胀,因为布满苍蝇而发黑。在这一刻,我明白了一切"(Owen,1998:181)。这具尸体正是梅罗瓦克,主人公认为是梅罗瓦克担心自己在此腐烂,因此前一晚现身,最终将主人公引导至此处。事实上,早在前文中就已经暗示前一晚神秘的人就是梅罗瓦克。主人公听到有人进入房屋后,猜想是房屋的主人梅罗瓦克回家了。他问自己:"是不是主人比他之前预设的时间回来得更早?或许是故意的,他会发现我在床上害怕得流汗。"(Owen,1998:174-175)

欧文笔下的死人除了以不可见的隐秘方式出现，还能幻化成看似与常人无异的人，如《汽车旅馆派对》中的女人莫利（Molley）、《旅行者》（《Le voyageur》）中的旅行男子和《格里默尔女士的伟大爱情》中的格里默尔女士。在《汽车旅馆派对》中，主人公在汽车旅馆的房间里睡觉，被敲门声吵醒，主人公打开门，看到门外是一个女人。女人说自己名叫莫利，和朋友们一起来旅行，但是在长湖（Long Lake）走散了，她太累了，想进去歇歇脚。尽管持有一丝怀疑，主人公还是让女人进去了。欧文对她外貌的描写非常细致，对她的动作描写非常具体，似乎在描写一个有血有肉的真实的女人，她看起来和普通人并没有什么不同：

> 她的脸很小，看起来很有趣，她的面色发暗，眼睛是清澈的蓝色。（Owen，1987：112）。
>
> 她的脚上穿着细长的皮鞋，鞋上沾满了泥土。她静静地喝着我递给她的凉水。接着她身子往后一靠，解开束着她金色头发的黄黑条纹的丝巾，解开丝巾后她的头发看起来像是立在她的头上。她用两只手整理头发。然后她看了看她擦伤的膝盖。她用唾液沾湿了一根手指并擦拭伤口。（Owen，1987：112-113）。
>
> 她脱下衣服，在她刚刚坐着的沙发上一件一件地放下她的带花纹的短裤、棉布的短袖衬衫以及内衣裤。她笑着走过我身边，髋部披着刚刚用来系头发的黄黑条纹的丝巾，随后把这条丝巾放在桌上，推翻了她空着的水杯。（Owen，1987：113）。

莫利洗澡的时候还和主人公聊起她的朋友们，正是主人公白天遇到的三个人。但主人公第二天醒来后却发现莫利不在屋里，他认为莫利去找她的朋友们了。但他却从警察口中得知莫利的尸体被找到了，她已经死亡了将近十二个小时，因此昨晚他不可能在房间里见到莫利……主人公意识到自己昨晚和"一个死人""一个幽灵"（Owen，1987：117）共处一室。主人公认为，昨晚莫利的出现是为了传达一些信息，莫利谈到她的丈夫和她丈夫的两个朋友排斥并针对她，最终主人公向警察证实是那三个人杀害了莫利。

在《旅行者》中，某天，一位神秘男子来到帕特里夏（Patricia）和她的仆人弗朗斯先生（M. Franz）居住的城堡。他看起来无疑是活生生的人：

> 一个年轻而敏捷的男人。他拿着一件行李。他和列车长说了几句话，看着列车长走上了最后一节车厢，他独自一人，平静地看着眼前的景色……他很高大，他敞开的大衣随风飘动，他的帽子戴在脑后。他的行李箱随着手臂摆动而摆动……他的气色很好。他放下行李，问好，并且微笑，手中拿着帽子。（Owen，1987：128）

但男子身上透露着一层神秘色彩，"他在观察了周围的情况后，坚定地走向城堡，如同一只关注任何一丝危险迹象的野兽"（Owen，1987：128），且"他来城堡做什么，人们并不知道。他可以是记者、画家、工程师、农学家、鳟鱼饲养员、收音机技术人员、电影编导……他首先是一个旅行者"（Owen，1987：128）。这个神秘的男人来城堡的目的无人知晓，作者把他比喻成"野兽"，这暗示着他存在一定的威胁性。尽管如此，旅行者的到来让帕特里夏想起了十年前的一个小男孩，小男孩爱慕她，她却在火车驶来的时候将小男孩推下列车轨道，造成了男孩的死亡。在故事的结尾，旅行者抱着帕特里夏，当火车驶近的时候,将她扔过建在高处的栏杆,帕特里夏摔得粉碎。弗朗斯先生听见帕特里夏的喊叫后拿着步枪赶来,失去理智的弗朗斯先生看着旅行者,但旅行者立刻消失,而死去的小男孩出现了:

> 他看不清楚旅行者。是火车的烟雾使旅行者躲过了他的视线,还是他的视觉变得模糊? 他举起步枪,但旅行者的轮廓逐渐变形、减弱并消失,如同这是个从别的屏幕上清晰的影像投射过来的画面,只不过是不清晰的微光。他听见有人在天桥上跑步,接合不佳的桥板在晃动。是一个小男孩,这个男孩现在马上就要消失在矮林中。他认出了这个男孩。
> (Owen,1987:140)

旅行者似乎是死去男孩的化身,十年后回来复仇,他使帕特里夏不停地回想起当年的"事故",并以同样的方式杀死了当年的凶手帕特里夏,最后以小男孩的形象离开并消失。

在《格里默尔女士的伟大爱情》中,格里默尔女士同样也是死而复生的幽灵,这在小说开篇就已经被暗示,她被比作"涂抹胭脂的幽灵"(Owen,1996:90)。我们在前文中已经研究过,格里默尔女士是个神秘的女人,律师施蒂格利茨两次提到,他感觉到格里默尔女士似乎是个随时会消失的幻象,这种神秘与古怪的感觉在后文中得到证实。八天后,格里默尔女士年轻的丈夫里卡多(Ricardo)来到律师施蒂格利茨的办公室,告诉他格里默尔三个月前在纽约自杀身亡,并且已经下葬。律师不相信此事,因为他八天前才见过格里默尔,他从抽屉里拿出了格里默尔当时遗留在这儿的口红。尽管不能让人理解,但里卡多在此时提出让律师处理遗产问题,而他是唯一的继承人。律师感到一丝愤怒,但职业道德要求他压制下这份愤怒,这时律师再次出现了幻

觉,并闻到了格里默尔女士的香水味,随后里卡多当场死亡。这似乎暗示着格里默尔女士再次出现并带走了丈夫里卡多:

> 这时一阵突发的不适使他跌坐下。他的视线变得模糊。里卡多的形态发生了变化,在某种雾气之中变得模糊。他闻到了一阵恶心的味道。这是格里默尔女士上次来访时令人头晕的香水味。是口红的气味从开着的抽屉中蔓延出来了吗?或者这只是他的想象?……里卡多向前跌倒。他倒在办公桌上,随后在地上打滚,纸和照片散落在他身旁。唯一的继承者没能继承。医生也无能为力。(Owen,1996:98)

欧文作品中的死人既能以隐秘的形式出现,又能以常人的形式出现,不过两者的描写手法完全不同。隐秘出现的死人难以被正面捕捉,往往是通过他人的感官被捕捉的;以常人的形式出现的死人则最初力图看起来与他人无异,在最后却消失不见,给人以震撼之感。而死人也并不是无故"复生"的,他们或许是为了复仇,或许是为了爱情,超越了生死的界限,以满足自己未了的心愿。

三、有形的死神

盖尔迪罗德几乎不描写死而复生,但他笔下的死亡极具特色,"死亡,人格化的死亡,在作品中扮演着重要的角色"(Baronian,2007:40)。死神代表着死亡,本不真实存在,却被作者赋予了直观的形象,甚至赋予了常人的形象,能够在现实生活中出现,颠覆了生死的界限。有形的死神多次出现,如《病园》中的猫、《冷杉的味道》中的死神与《恶魔在伦敦》中的恶魔。

《病园》中的猫如同死神的化身。主人公在"病园"中所写的日记记录着猫的第一次出现，那是在 7 月 2 日，大雾弥漫，主人公正准备睡觉时，身边的狗开始狂吠，他感到有人在窗外看他，但他透过大雾只能隐约看到一双恐怖的眼睛，"两只具有震慑力的眼球，在我看来似乎是魔鬼的眼球，它们只能属于魔鬼"（Ghelderode,2001:60）。当主人公再次见到猫时，他清楚地意识到猫正是眼球的主人，正是 7 月 2 日的窥视者。猫诡异的外形令人联想到恶魔，使人感到恐惧：

> 它体形很大，毛发稀少，似乎得了麻风病，因而皮毛呈现
> 出病态的颜色，红棕色、咖啡色……然而，我看到它时产生的
> 恐惧并不来自它的身体状况，疮痂和脓包更使我感到怜悯；
> 这种恐惧来自它魔鬼般的头，一个扁平的头，如同蛇的头颅，
> 被血红色的眼球穿了两个孔，瞳孔时不时扩大，随后消逝在
> 白色的血脉之中。（Ghelderode,2001:63）

猫的外形描写不仅在于制造恐惧，而且在于暗示猫的外表下其实是更为恐怖的存在，"事实上，住在猫皮下的东西，我倾向于不去思考"（Ghelderode,2001:65），主人公因此将猫称为"残暴的化身""邪恶的化身"和"怪物"（Ghelderode,2001:64）。随着故事的发展，主人公发现猫被死亡气息所吸引，如同死神的化身一般。主人公先是发现猫并不是每天都出现，而是出现在某些特定的日子里，出于一些主人公暂且不知道的目的，在围墙上向住宅内张望。8 月 3 日，猫再次出现，"猫的目光片刻都没有离开处在它下方的花园，对某些只有它能看到的东西很感兴趣"（Ghelderode,2001:69）。猫离开后，主人公的狗抓住了吸引猫的源头——怪物般的畸形小女孩奥德（Ode）。女孩因疾病而外形怪异，身材矮小，没有头发，主人公称她为"移动的亡者"（Ghelderode,2001:71），在她身上看到了"死亡的征兆"（Ghelderode,

2001:81)。猫的出现总与小女孩的出现相吻合,它在墙上"用血红色的眼珠观察着我们"(Ghelderode,2001:81),直到有一天猫尝试叼住并吞食小女孩。猫如同死神的化身,面目可怕,令人感到恐惧,它不断被死亡的气息吸引,最终想要带走"活在世上的亡者"。

如果说《病园》中死神的化身还只是猫,那么《冷杉的味道》与《魔鬼在伦敦》中的死神则完全化为人形。《冷杉的味道》中,死神在某个周五突然造访主人公的住宅。死神具有人类的轮廓,但外形具有鲜明的死神特征:

> 皮包骨,他的手插在兜里,胳膊贴着身体,不,贴着包裹着他骨架的飘浮的蓝色衣服。他球形的脑袋上有一顶海军官员的鸭舌帽,或者是类似的鸭舌帽。脖子上有一条肮脏的丝巾,垂在条纹羊毛衫上。真正给我留下深刻印象的,是他塌鼻的脸,鼻子不明显,眼眶下陷。一张灰黄的脸,没有嘴唇,裸露着假牙,如同脸下部被某种狼疮侵蚀过。是的,一张被某种麻风蹂躏的脸被灵巧地进行了伪装,用羊乳干酪制成以模仿肉体……再加上他的味道,哦,石炭酸加上大蒜的味道……他的目光! 死神,死鱼的眼睛,在他灰色的胶质里没有一丝光亮。(Ghelderode,2001:216)

而在《魔鬼在伦敦》中,主人公无所事事地在伦敦漫步,他内心崇尚魔鬼,渴望一场奇遇,于是在强烈动机的驱使下他来到了魔鬼梅菲斯特(Méphisto)的门前,目睹了渴望进行魔术巡演的魔鬼的表演并与他进行了友好的谈话。文中魔鬼的外形并不令人感到恐惧,魔鬼身穿演出服出场时甚至令人感到滑稽:

他浑身的衣着都是鲜红色,从他帽子上的鸡毛直到他的鞋尖都是鲜红的,紧包裹着他骨骼般的上身的外衣是鲜红的,扭卷在瘦削的大腿和小腿肚的紧身内衣是鲜红的,他的奢华外套是鲜红的,他的手套是鲜红的……我注意到他戴着山羊胡子和火枪手的装饰性胡须。在他瘦长的擦着白粉的脸上闪耀着水晶般的眼珠,这两颗海蓝宝石随意地扩大或缩小。(Ghelderode,2001:36)

当魔鬼脱掉演出服后,"他苍白的脸孔,他疲乏而忧郁的眼神,他轻便的步态给我留下了很深的印象:我面前的他尽管苍老,却高贵、举止得当并且身上有着某种优雅美丽"(Ghelderode,2001:36)。一身鲜红的魔鬼不难令人联想到鲜血与死亡,但主人公在本应令人畏惧的魔鬼身上发现了高贵与优雅的特征,这不免有一丝自嘲与反讽的意味。

有形的死神虽然通过恐怖的外形调动了读者的视觉感官,制造了更为具象的审美上的恐惧,但事实上,赋予死神实体似乎使得死亡不再是无法避免的命运,人们获得了逃过死亡甚至战胜死亡的机会:《魔鬼在伦敦》中的主人公和死神建立了友好的关系;《偷走死亡》中的死神因被主人公的朋友"欺骗"而放过了本应死亡的主人公;《冷杉的味道》中的主人公和死神下棋并把死神灌醉,最终使自己的女仆代替自己成为死神的祭品;《病园》中作为死神化身的猫被主人公的狗杀死……然而这种乐观主义往往只是表象,死神仍然在暗中窥视,死亡仍旧盘旋在主人公周围无法散去。《魔鬼在伦敦》中的主人公虽然活着,却认为活着比在地狱更受煎熬,如同"活死人"一般度日;《偷走死亡》中的主人公虽然活了下来,却担心朋友因为帮助自己欺骗死神而被死神报复;《冷杉的味道》中的死神在临走前说,"我们改天再继续这个游戏"(Ghelderode,2001:228);《病园》中猫的尸体没有被发现,且它在销声匿迹前发出了类似于诡异笑声的叫声。可见,死神反复无常,他"在作品中随处出现,带着在各种情况下都能获得最终胜利的胜者的特权——可耻的自由"(Baronian,2007:240),人们并不能获得绝对的安全,短暂的安逸很快就被无尽的恐惧所替代。

　　生死界限的模糊违背了生死对立的现实法则,是奇幻显露的重要途径。在盖尔迪罗德和欧文笔下,物品成为有生命的存在,它们被赋予了各种各样的角色,或是受害者,或是奇幻的帮手,或是奇幻现象本身。除此之外,两位作者还有自己的偏好。欧文喜欢描写死人复生,在一些作品中,死人复生不具有确定性,往往是视觉、听觉和触觉给人以此种暗示,使人认为有死人复生的可能性。在另一些作品中,死人也以常人的形式出现,形成了对现实法则的彻底颠覆。盖尔迪罗德则喜欢描写人格化的死亡,即出现在现实中的具有常人形象的死神,这给了人们逃过或战胜死亡的虚假希望。

第二节　消融的时空界限

　　在现实的法则中,除了生与死是不可逾越的对立关系,时间的单向性和空间的客观性也是不容置疑的规则。古希腊哲学家赫拉克利特(Heraclitus)曾说过,"人不可能两次踏入同一条河流",这充分说明了时间的单向性,即时间呈现线性流动,是不可逆转的。但奇幻小说打破了时间的单向性,时间不仅可以停滞不前,甚至可以倒流。空间的客观性具有两层含义:一层含义是指空间的存在是客观的,它在不受外力作用时往往是固定不变的;另一层含义是指空间的性质是客观的,即它自身没有任何意志,而是一种客观的实体。奇幻小说打破了空间的客观性,一是空间可以突然变化甚至变形,二是空间具有自主操控的能力,这与物品具有生命这一点具有相似性,只不过空间不是具体的物品。

一、时间静止与倒流

在奇幻小说中,时间不再是一条一去不复返的直线,奇幻小说可以打破时间的界限。打破时间界限主要体现在时间静止与回到过去,去往未来虽然也是对时间界限的打破,但是往往出现在科幻小说而非奇幻小说中。在《生命停止》中,当神秘男人进入村庄后,钟表停止,这也就意味着时间停止了流动。村民斯瓦莫丹(Swammerdam)是钟表匠,在他房间里,他对面的柜子上放着三个他最近几天正在维修的珍贵的古老摆钟,这三个摆钟并没有准确地指向同一个时间,但"都精确地发出滴答声并走动着"(Owen,1998:25)。处在焦虑之中的斯瓦莫丹认为在夜里听见摆钟运行的滴答声是一种慰藉。但突然间,他突然感到一丝凉气穿墙而来,这时"房间里是致命的寂静。在柜子上,三个摆钟停住了"(Owen,1998:25)。钟表的停止暗示了时间的停滞,村民此刻纷纷受到了影响:有人心脏病突发,却无力注射药物;有人全身无法动弹;宠物奄奄一息……最终,随着村里的一个女人发出尖叫,村庄以及村民从停滞中被解救出来,时间开始流动,"在柜子上,三个摆钟,一个接着一个,奇迹般地重新开始滴答滴答地走动"(Owen,1998:33)。

《雨之少女》中则是主人公回到了过去的时间点,经历了发生在过去的杀人事件。我们在前文中已经提到,主人公德佩尔刚吉在雨中遇到了手上沾有鲜血的神秘女孩拉米。拉米带着德佩尔刚吉来到了一幢红砖砌成的大别墅,别墅孤零零地耸立在郊区,明显早已经被废弃。他们二人来到一个房间门前,拉米推开门,德佩尔刚吉看见床上有一具女人的尸体,拉米承认是自己杀了女人,并请求德佩尔刚吉用剃刀杀了自己,因为她们两人约定要一起死去。拉米脱掉衣服,走到德佩尔刚吉身边,询问他是否愿意帮忙……接下来发生的事情我们不得而知,我们不知道德佩尔刚吉有没有答应拉米的请求,因为接下来已经是第二天。

当德佩尔刚吉醒来时,他发现自己躺在床上,没有两个女人的踪影,自己的身边有两个男人,其中一个是地产经纪人,他让德佩尔刚吉赶紧起来,因为没有他的允许任何人都不能进入这处废弃的房产。等德佩尔刚吉回到酒店时,他得知五年前在废弃的别墅里两个女人被割喉:"五年前,在那处废弃的别墅里,人们发现两个陌生的年轻女人倒在床上,喉咙被割破。这是一桩神秘的惨剧,罪案的真相一直没有揭开。人们既没有找到凶手,也没有找到凶器。这无疑使那处房产难以卖出。"(Owen,1998:41)当德佩尔刚吉独处的时候,他问自己:"'五年前'……五年前? 那时我究竟在哪里?"(Owen,1998:41)五年前发生的惨剧和德佩尔刚吉昨晚的经历如此相似,且德佩尔刚吉无法回忆起自己五年前在哪里或在做什么,就像是德佩尔刚吉昨天回到了五年前,目睹甚至参与了这桩凶杀案一样。

二、平行空间

我们之前已经提到,空间具有客观性,但奇幻中的空间不再是客观、单一的维度,似乎还有另外一个神秘的奇幻空间在与现实空间平行并且交错,使现实空间发生扭曲与变形。在欧文的《夜游》中,某天晚上,主人公不受控制地走到了几年前一个无名氏死去的地方,他对这位死去的无名氏充满惋惜和同情,这时他感觉自己"逐渐被拖入这个与我们的世界平行且我们称之为'别处'的模糊而可怕的世界"(Owen,1998:48)。一只神秘的没有颜色、没有尾巴、没有耳朵的狗此时出现,它往前走几步便回过头看主人公,以便确认主人公是否跟随着它的脚步,这只狗引导着主人公踏入平行空间。"这只狗不顾我的意愿,使我参与到异常危险的冒险之中。由于这只狗,也由于我做过的举动,我刚刚穿过了被禁止进入的界限。我现在身处'别处',我突然感到不那么紧张,感到更加放松,如同一个了解游戏规则的人一样"(Owen,1998:48-49)。

这个平行空间看似和现实世界大体相似,建筑的位置和面貌保留了现实世界的样子。主人公在自己的右手边看到了夜间收容所,他"一直想在某个夜晚不体面地进去,体会上几个小时流浪汉的辛酸"(Owen,1998:49),说明这是他以前非常熟悉的地点。主人公在夜间收容所门前碰到了一个突然出现的寻找爸爸的小女孩,主人公和她一起走了几分钟,"小女孩走向了一个名声不好的咖啡馆,我就不说咖啡馆的名字了"(Owen,1998:50),可见主人公了解这家声名狼藉的咖啡馆,并且知道它的名字。

当然,平行空间与现实世界也必然存在差异,平行空间中似乎充满幽灵。主人公遇见的小女孩的"脚几乎不触碰到地面。她和一只鸟一样轻。在路灯微弱光线的照射下,我惊讶地发现女孩的身后居然没有影子"(Owen,1998:50)。当女孩前往咖啡馆时,她径直走进门窗紧闭的咖啡馆,"任何一扇门都没有打开,如同人们穿过一片雾气一般,女孩穿过了咖啡馆的墙"(Owen,1998:50)。随后,在主人公没有听到任何声音的情况下,一个警察来到他的身边,他们谈了几句话,警察看了一眼后一句话也没说就冲向咖啡馆。警察和小女孩一样,径直穿过了咖啡馆的墙面:

> 他走得非常快,毫不夸张地冲向小咖啡馆的正面,如同他看不见咖啡馆的墙。如同一只失明的动物在狂奔,如此令人焦急。我等着他撞上装满护门板的大门后这具庞大的身体和戴着头盔的脑袋发出的撞击声。但没有任何事情发生。

又或者说发生了。警察穿了过去，就和小女孩一样，他消失在了咖啡馆里面。*消失了*。（Owen，1998：51）

主人公还在这个平行空间里遇到了故事开头提到的死去的无名氏，并从无名氏口中得知"今天是这个区域内幽灵的聚会日"（Owen，1998：53）。在故事的末尾，主人公再次遇到了引导他进入平行空间的狗，正是这只狗又引导他回到了现实世界：

当我慢步闲逛时，我发现一只狗在前面小跑。它停下并且回过头来看我是否跟着它。这是一只可笑的狗，没有颜色，没有耳朵，没有尾巴……是那只狗！它看起来在引领我，在送我离开。我吹了一声口哨，它消失了。我独自一人，我开始发抖。这彼世最后的显露示意我，我从幽灵的聚会中出来了。*回来了*。我事后回想起来感到非常害怕。我开始奔跑。（Owen，1998：55）

终于，主人公看到了亮着光的窗户，感受到了人类的气息，他从平行世界回归了现实世界。

盖尔迪罗德的《黄昏》中同样出现了平行世界，但平时的世界变换成了别的样貌。故事发生的那一天从早晨开始一直下雨，让人感觉似乎世界末日即将来临。黄昏时雨停了，也正是从此刻起现实世界的样貌虽然还在，却又变得与往日不同。首先，是窗外照进来白色的强光：

一束强烈而沉重的怪异的光从窗户涌入了我的房间，光线几乎是有形的，它强烈的光线使所有的物品移位。这光线的强度使我惊讶。虽然说现在不再是大白天，但夜色应该也还未降临,在雨墙的裂缝后面,某处应该还有如镜子般闪烁光芒的夕阳。这束光一动不动,看起来如同液体一般,使它照到的所有物品看起来似乎都沾满了甘油。(Ghelderode,2001:180)

其次,主人公的房间似乎变成了一个水族馆:

> 我摇摇晃晃,试图找到平衡。我一方面感到担忧,另一方面因为在房间的三维空间之中没有发现任何固体的东西而感到害怕。这个小地下室难道不是转变成了水族馆?我难道不是发现自己卸掉了一部分重量,无法做有用的动作?这种被剥离人类生存条件的恐惧再次勾起了我的本能,我以游泳者的姿势冲向了门口。(Ghelderode,2001:180)

此外,街上此刻空无一人,并且一片漆黑:

> 我几乎没看见一个活人;城市,它依然存在,黑色的一大片,高低不平,道路错落。依然是湿漉漉的,并且没有一盏照明的灯,如同在灰色氛围中漂浮的沉船。人们没有采取任何行动去对抗这极具侵略性的黑暗,没有一盏灯笼被点亮,没有一扇窗玻璃透着光线,我认为这一切过于怪诞。(Ghelderode,2001:181)

尽管主人公的房屋以及城市的街道的外观仍然与往日相同,但怪异的强光、水族馆的触感以及无尽的黑暗描绘出了与现实世界并存或者平行的奇幻世界。

三、致命空间

除去平行空间之外，奇幻小说中的空间还和死亡有着无法割舍的联系。空间的性质不再是客观的，它不再是客观实体，而是具有自身的意志，而且往往与人类是敌对的。这使得空间不再是单纯的地理维度，而是成了奇幻维度。

在欧文的《15.12.38》中，空间是奇幻的化身，甚至有能力干扰人类的行动。小男孩将信件送到威尔格手里后立刻离开，威尔格试图叫住他，小男孩却跑向大街，威尔格在这时惊恐地发现了空间的异常，"小男孩跑得上气不接下气，但是他的脚步依旧以不变的强度在空旷的街道中回响，好似他无法远离这里，再怎么努力也无法战胜他脚下往反方向活动的传送带"（Owen，1994：920）。异常空间开始感染并切实地影响人类，它似乎可以自主决定如何对待处在其中的人类，而人类对此却束手无策。威尔格从自己混乱的思绪或者说是幻觉中清醒过来后，小男孩已经消失。他走进屋内，"他需要花费很大的力气才能关上房门，好像全世界的手都压在门上，阻止门挪动"（Owen，1994：921），异常的空间再次显露出自己的敌意与干扰人类行动的力量。威尔格通过尾随送信的小男孩而进入的古怪房屋更是一个明显能干扰人类行动并对人类行动做出反应的具有生命的异常空间。他在房屋内看见一个楼梯，当他踩着楼梯往上走时，所踩的台阶却不断下降直到和地面齐平，突然间他感到似乎有一只手紧紧抓住他的手臂，将他引导向一个拱形的房间，威尔格转身想探寻这只手的主人，却发现手臂上的力量突然消失，身边空无一人，只剩下手臂上的余温。在奇异空间中，人类的行动甚至命运都不由自己掌控，奇幻空间具有一种魔力与力量，将人引导到应该去的场所，人类在这种力量面前无能为力，只能顺从空间的安排。威尔格在空间力量的推动下进入巨大的圆形房间中，房间的墙壁似乎由柔软的有延展性的材料制成，如同在风中飘动的画布般微微颤动。他跑向墙壁希望找到出口，却发现整个房间能够延伸变形，墙壁能够躲开他的触碰，他变换方向不断尝试，墙壁却总能躲避他的触碰，他如同尝试靠近一个"睡醒的野兽"（Owen，1994：927）一样。异常空间在主人公眼里成了一头敏捷甚至狡猾的野兽，柔软的墙壁让主人公觉得自己能够找到出口，然而一次次失败的尝试让主人公绝望，主人公最终放弃挣扎，接受命运的安排。

同时，欧文将命运、自身因素与外部因素三者结合在一起，以此构建无法逃避的致命空间。欧文在不断暗示主人公的死亡命运，暗示主人公受到诅咒，将在其居住的街道遇到危险，在注定的空间中主人公的死亡似乎早已成为定局。威尔格从收到信件开始就感受到街区对自己深深的敌意，当他到小酒馆里拨打了神秘的电话后，他感到与热闹的环境完全隔绝，恐惧和忧虑"如同一只沉重的手般扼住了他的喉咙，他连唾沫都无法下咽"（Owen，1994：924）。欧文将恐惧及其对主人公肉体的侵蚀结合起来，被恐惧扼住的喉咙暗示了主人公死亡的命运。接下来，死亡的暗示变得更加具体，"对未知的恐惧、对住所所在街道的惊骇和没有理由地扑向他的无法解释的诅咒的纠缠，他无法解释，这一切好似无数有毒的爪子，在他的心脏上挖出一道道细小的痕迹"（Owen，1994：924）。这里对主人公恐惧感受的描写实际上是对其死亡的具体暗示，和结尾处主人公死亡时脸上印有的动物爪子的痕迹一致。另一处关于死亡的暗示是"从远处而来的不可逃避的宿命在他身上扔了黑色的外套。他无法逃脱。外套过于沉重，过于庞大，仿佛被无数看不见的手固定在他身上，这些向他伸出的手如同陷阱一般，迫使他慢慢地笨重地弯下脊柱"（Owen，1994：924），主人公死亡时正是全身粉碎。上述两处描述暗示，死亡已成无法逃脱的宿命，威尔格最后正是死于无数的手或者无数的动物蹄爪之下，他被压弯的脊柱也与全身粉碎的结局相对应。欧文通过强调"诅咒"与"宿命",已经暗示出威尔格的死亡命运与死亡方式。

从主人公自身来看,法学家多疑和严谨的性格特点使他对收到的神秘信件存在一种执念,他迫切希望探寻事件的真相,这种自身的无法改变的执着使他不可避免地最终进入致命空间。在收到小男孩转交的信件后,"威尔格想要冲上去追赶上小男孩,找到这个令人惊讶的现象的缘由"(Owen,1994:920)。他在阅读信件后认为这是个恶作剧,暂时感到一阵轻松,忘却了之前的忧虑不安,但当他穿好衣服出门走上大街后,却"不由自主地"(Owen,1994:921)观察对面的一排房门,尝试找到刚才的小男孩是从哪个房门出来的。对面的房门几乎都被绘制成了绿色,很难辨认出正确的房门,"这使他感到不舒服,如同感到失去了一些东西,却说不上来具体是什么"(Owen,1994:922)。这时,刚才的场景又一次浮现在了威尔格的脑海中,让他意外的是他清晰地回忆起小男孩的样貌,认为自己"会永远记住小男孩令人难忘的样貌"(Owen,1994:922)。小男孩在这个神秘事件中担任重要角色,如同一把解开秘密的钥匙,威尔格无法忘记小男孩等同于无法忘记这个神秘事件。当威尔格来到小酒馆坐下喝酒时,他看着周围的人群感到一阵放松,但他的手却在桌面上"不由自主地"(Owen,1994:922)不断写下"15.12.38"。"不由自主地"第二次出现,表明主人公在变换环境之后仍然不能控制自己对神秘信件的执念,且这种执念已经从回想事件的思想层面转变到书写疑问的行动层面。当威尔格回到家中后,他的执念依然强烈,"现在,鼻子贴着窗玻璃,如同一个在玩具店橱窗前的孩子一样,他在观察。啊!所有这些绿色的、没有生机的、充满敌意的、死去的门,如同画在墙上一样"(Owen,1994:925)。威尔格对事件真相的执着以及对小男孩出现时的绿色房门的探寻使他注定深陷奇幻事件之中,最终将步入命运为他设置好的死亡空间。

　　除了自身的执念,外部因素也在推波助澜,一步步引诱主人公进入致命空间。重要的外部因素之一是在文中出现了两次的电话间。第一次是威尔格在小酒馆的电话间里拨打一个神秘的电话号码,一个神秘的人以毫无波澜的语气接通了电话,面对威尔格急切的询问,对方以讽刺的语气说道:"是……是……人们前进,但距离永远是一样的。"(Owen,1994:923)这暗示了威尔格最后在神秘房屋中无论怎么奔跑都始终和墙壁保持相同距离的绝望场面。在打完这个电话后,威尔格感受到了无法抗衡的神秘力量,他放弃挣扎,只想逃离。他在暂时找回理智后,认为这一切都是工作过于劳累的缘故,打算去乡下在海关工作的年迈的叔叔家中放松休息。然而,这时他在马路转角处看到一个电话亭,这又使他感受到忧虑,忍不住走进电话亭打电话,想要知道神秘号码的主人是谁,却发现电话号码并不存在。这预示着威尔格注定无法逃离命运的安排,无论他身在何处,电话亭的存在总能使他回想起这一场奇幻遭遇,阻止他远离死亡空间。另一个重要的外部因素是贯穿全文的小男孩,他的出现推动着奇幻事件的发展。小男孩的第一次出现预示着奇幻事件的开端,随后小男孩虽然消失,却一直萦绕在主人公的脑海中。威尔格对小男孩和真相的执念决定他在重新看到小男孩时一定会义无反顾地追逐小男孩,因此最终是小男孩将主人公带入了命中注定的死亡空间。当威尔格看到小男孩在街上跑向一座房子并在一扇绿色的门前停下时,他甚至没有思考就紧随着小男孩冲进了房屋,在他后悔自己的举动前房门就关上了,他被困在了密闭的房屋中。

　　最终,在命运、自身因素与外部因素三者的共同作用下,威尔格按部就班地进入了命中注定的致命空间。他独自被困在密闭的"气氛如同坟墓"(Owen,1994:926)的房屋内,"他感到自己刚刚经历了气氛和生命的改变,感到自己突然进入了另一个空间,感到自己处在另一个世界"(Owen,1994:926)。房屋构成了独立于现实世界的奇幻空间,是不同于现实世界的"另一个世界"。威尔格尝试着逃离这个房屋,却发现根本无法找到出口,最终只能在绝望中接受自己死亡的命运。在尾声中,威尔格的尸体在资产阶级富人区某间十几年没有人住过的绿门房子中被行人偶然发现,浑身如同被野兽踩碎一般。空间不仅仅作为背景而存在,更是推动了故事的发展,成了奇幻的制造者。

在这一章中,我们主要研究了奇幻的显露,奇幻的显露体现在对现实法则的违背甚至颠覆中。模糊的生死界限是奇幻显露的重要维度,生与死本来被看作两个既定的相互矛盾的事实,但在奇幻小说中两者交错存在,两者的界限十分模糊。在盖尔迪罗德和欧文笔下,本来没有生命的物品开始有自己的意志,成了有生命的存在。两位作家还有自己的创作特色:盖尔迪罗德的作品中,代表着死亡、本不真实存在的死神被盖尔迪罗德赋予了直观的形象,甚至赋予了常人的形象,能够在现实生活中出现;欧文笔下的死人能够复生,或是以隐秘的方式影响活人,或是幻化成与常人无异的人,出现在现实生活中。除了模糊生死的界限,盖尔迪罗德和欧文的奇幻小说中还消融了时间与空间的界限。时间不再是现实世界中一去不复返的线性时间,奇幻小说中的时间可以静止与倒流。空间也不再是客观而单一的维度,似乎还有另外一个神秘的奇幻空间与现实空间平行并交错。除去平行空间之外,奇幻小说中的空间还和死亡有着无法割舍的联系,这使得空间不再是单纯的地理维度,而是成了奇幻维度。

第五章　奇幻与现实的相对平衡

　　奇幻与现实的相对平衡可以理解为犹疑，也就是我们不确定究竟是用奇幻原因进行解释，还是用现实原因进行解释，两种原因、两种力量势均力敌。我们在第一章第二节中论述奇幻小说的基本概念时，已经阐述过犹疑对奇幻小说的重要性。奇幻只存在于读者尝试理解离奇现象而产生犹疑的时刻；也就是说，读者在阅读奇幻小说时必须在理性解释（幻觉、梦境、疯癫等）与非理性解释（奇幻事件确实上演）之间犹豫不决，如果读者明确选择了理性解释或非理性解释中的任意一种，文本便不再属于奇幻小说的范畴，而是变成了怪诞小说或神异小说。托多罗夫在论述构成奇幻小说的三个条件时指出，读者一定要感受到犹疑，"读者的犹疑是奇幻的首要条件"（Todorov，1970：36），经历了离奇事件的人物或许也会感受到犹疑，但人物的犹疑并不是构成奇幻的必备条件。读者的犹疑是奇幻小说的首要特征，但这种犹疑并不是凭空产生的，而是奇幻作家精心设计与组织的结果。我们将在本章中研究盖尔迪罗德和欧文是如何在小说中精心制造犹疑的。

第一节　模棱两可的结尾

奇幻的显露往往出现在故事靠后甚至是靠近结尾的地方，且持续的时间不会很长，在奇幻显露后，故事往往便来到了结尾。盖尔迪罗德和欧文笔下的结尾大致可以分为两类：一类是回归现实，即奇幻现象发生后又消失，我们回到了现实，一切归于平静；另一类是戛然而止，即奇幻事件发生后故事立刻结束。无论是哪一类结尾，它们都会留下无尽的悬念与无穷的可能性。

一、回归现实型结尾

我们先来研究第一类结尾，即回归现实型结尾。在盖尔迪罗德的《圣母孤独》中，圣母雕像突然具有了生命，她不但直视主人公而且还询问主人公有何愿望，当主人公说请圣母保佑他能始终孤独下去时，故事随即进入尾声：

> 当我找回了正常的知觉时，我发现自己站在祭台前，站在丧葬的石板上。圣母雕像的脸庞依旧坚不可摧地是个百年的、庄严的、沉思的雕像的脸庞。太阳落下了。祭祀的游行队伍回来了，游行者混乱地涌向出口，同时管风琴和谐的骚动停了下来。教堂圣器室的管理人摇着他的钥匙靠近，他准备关门……（Ghelderode，2001：164）

圣母雕像变回了一尊没有生命的冰冷的雕像，奇幻现象在结尾处消失，同时故事里的一天也落下帷幕，故事告一段落。

在盖尔迪罗德的《黄昏》中，主人公先是经历了世界变得昏暗且街道上空无一人的情况，随后三维空间变得异常。他进入一间教堂后，教堂开始塌陷。当主人公深陷危机时，神秘的力量拯救了他，最终世界恢复了原样：

> 夜色完全落下。路灯发出强烈的光，无数的建筑又恢复了往日的外观。人们在坚固的城市中漫步。圣尼古拉广场上挤满了人。教堂被家畜围住。牲畜汇聚，通过老旧的交通要道，从城市的这一头穿到城市的另一头，圣尼古拉盆地成了歇脚处。牛叫声此起彼伏，形成并建造了高深的乐器踏板，对应着刺耳的羊叫声和愉悦的犬吠声。蛮横的咒骂声鞭挞着壮观的牲畜群。迷失在这牲畜臀部和鼻孔的浪潮中，我前行着，被困在牛群中。世界并没有完结，在暴雨后散发出肉体的味道。我和这些鸣叫着的美丽的牲畜一同前行，在月光的映照下，被放逐到残忍的屠宰场，这些牲畜将被祭祀，血流成河，我们不知道是为了平息众神的愤怒还是人类的饥饿。（Ghelderode，2001：187）

在故事的结尾，昏暗的世界变回了热闹的祭祀夜晚，街上繁华而热闹，与前文中的"看不见一个活人"和"炭黑色"（Ghelderode，2001：181）形成鲜明的对比。

在欧文的《生命静止》中，随着神秘男人脚步声的到来，村民们陷入危机，村庄也陷入死寂。当神秘男人的脚步声消失后，村民恢复了正常：钟表匠无力停止的摆钟开始走动，无力注射治疗心脏病的药物的医生突然又有了力气，无法动弹的女人可以行动了，奄奄一息的宠物又恢复了正常。与此同时，村庄也恢复了往日的生机："喷泉重新开始歌唱，白色的银光闪闪的水重新开始流动，什么都没有意识到……
不久后，一只公鸡开始得意地鸣叫。人们听见牲畜棚里锁链的声音。
一只狗不知在何处发出雄厚的令人安心的叫声。村庄幸免于难。"
(Owen，1998：33)在欧文的《夜游》中，主人公无意间进入了幽
灵聚集的"别处"，故事结尾时，他在神秘的狗的引领下得以回到现实世界，
"五百米远处，在中央邮局巨大黑色楼房处，有一些被灯光照亮的窗
户，有一丝人类生命的气息……一个不是邮递员、骄傲地戴着军帽的
夜间警卫怀疑地注视着我"(Owen，1998：55)。窗户透出的灯光和不
再飘浮在空中并且不穿墙的警卫说明，一切又归于现实。

归于现实的结尾让人物相信自己回归到了现实之中，也令读者认
为故事以现实为结尾，从之前的惊恐与焦虑中获得了缓和。但之前发
生的奇幻现象究竟是藏匿在了现实背后，还是从现实中退场，甚至是
从未在现实中上演？开放的回答使奇幻变得模棱两可。

二、戛然而止型结尾

另一类常见的结尾是戛然而止型结尾。在这类结尾中，奇幻事件
突兀地停止，没有回归到现实中，因此保留了奇幻的神秘基调。

在盖尔迪罗德的《你被绞死》中，某天傍晚在旅店里，主人公在半
睡半醒的状态下听到卡车声，想出门问时间时看见了旅店对面的绞架
上发生的可怕景象：一个和自己长得一模一样的男子正被刽子手绞
死。主人公从梦中苏醒，一切似乎只是一场梦，然而结尾却留下了巨
大的悬念，旅店里神秘的喜鹊带着蔑视告诉他他被绞死了："在寂静
中，一声挖苦的声音——只能是喜鹊的声音——清晰地响起，带着明
显的不屑：'你被绞死了！'"(Ghelderode，2001：210)故事由开头时的
现实，到主人公梦境中自己前世被绞死的奇幻，再到梦醒回到现实，最
后喜鹊的话又将故事推向了奇幻，并且戛然而止，在现实与奇幻之间

的往复形成了巨大的张力。

在欧文的《黑球》中，主人公内特斯海姆被黑球吞噬并变成了一个黑球，结尾处他依然是一个黑球，没有变回原样："突然有人开门，他胆怯地藏到了沙发的下面。"(Owen,1987:30)内特斯海姆的命运以及打开房门的人的命运我们不得而知。

在《突变》中，主人公爱德华（Edward）从中年男人变成了小男孩，妻子回家后看见床上的小男孩后感到惊讶，并在房间内四处寻找自己的丈夫。结尾时小男孩的举动令人惊讶，"他冷笑并且用床单盖上了脑袋"(Owen,1996:29)。故事停留在了爱德华变成小男孩的奇幻时刻，他是否会变回大人以及事件将如何继续发展，我们无从知晓。

戛然而止的结尾使故事的奇幻感更强，但它并没有排斥其他自然的解释；相反，它留下了相对较大的悬念，等待着读者去解决。事实上，无论是回归现实型结尾还是戛然而止型结尾，它们永远拒绝为奇幻事件给出明确的、唯一的解释。这种拒绝解释的做法所带来的模棱两可，使奇幻与现实处在相对平衡的状态，谁也无法彻底取缔另一方。

第二节　交织且相互排斥的参照框架

一、参照框架的必要性与概念

盖尔迪罗德和欧文奇幻小说的结尾往往是开放性的，它并不解答故事中的奇异现象，我们在上文中已经对此进行了分析。此外，叙述者的叙述往往不是完全具有权威性的；也就是说，叙述并不意味着事件的真相。盖尔迪罗德的奇幻小说全部采用第一人称叙述，欧文的奇幻小说则兼有第一人称叙述与第三人称叙述。让·贝勒曼-诺埃尔指出:"当一边的报告者和另一边的参与者相遇时,事实上他们两者是同一个、唯一一个叙述者,是主人公的组成部分。他们对事件的了解是完全一致的(通过某种叙述手段:同伴、隐秘笔记的继承者、享有特权的密友等等,所有另一个我的变体)。他们在日常生活中的反应方式是相同的,有相同的文化背景,彼此相似并且互为补充。"(Bellemin-Noël,1971:109)贝勒曼-诺埃尔认为,在奇幻小说中,哪怕在第三人称叙述中,叙述者也几乎等同于主人公。也就是说,在以第三人称叙述的奇幻小说中,第三人称叙述中的叙述者实际上仍是"我"的变形。贝勒曼-诺埃尔还指出,在奇幻小说中,"这里有我(je)——清醒的旁观者在不确定中提问,这里还有一个我(moi)①——主人公带着热情经历事件(在大多数情况下直到死亡或发疯)"(Bellemin-Noël,1971:109)。文中的"我"作为主人公对正在经历的不清楚的事件提出疑问,而作为叙述者则对这个事件是否确实发生提出疑问。因此,我们可以认为奇幻小说中的"我"总是具有双重身份,既是主人公又是叙述者,既是奇幻事件的参与者又是奇幻事件的见证者,既在不确定中产生疑问又带着疑问叙述不确定。

结尾的不确定与叙述者的不权威并不意味着故事是无解的,而是意味着故事中难以解释的现象可以由多个不同的参照框架(frame of reference)进行解释。参照框架最初是由哲学家纳尔逊·古德曼(Nelson Goodman)提出的概念,他指出由于信仰或角度不同,不同的主体或许会采用完全不同的方式来描述世界上的某些物体或事件,参照框架就属于这些描述系统。古德曼以太阳运动为例,"太阳经常运

---

① "je"在法语中为主语人称代词,表示主语的"我",贝勒曼-诺埃尔用"je"表示经历奇幻事件时或经历奇幻事件后与事件保持距离、尝试理性思考的"我";"moi"在法语中为重读人称代词,贝勒曼-诺埃尔用"moi"表示全身心投入并经历奇幻事件时的那个"我"。

动"和"太阳从不运动"这两个观点尽管都正确,却是相互排斥的。这是否意味着它们在描述不同的世界,或者意味着存在着多少相互排斥的事实就存在着多少个世界?在古德曼看来,这两个观点并不是完整的真理,而是省略后的观点,即"在参照框架 A 中太阳总是运动的"和"在参照框架 B 中太阳从不运动",这两个关于同一个世界中的相悖观点或许都是正确的(Goodman,1988:2)。拉谢尔·布韦(Rachel Bouvet)将参照框架这个概念引入文学研究中,用于研究文本中的"事件以及事件的解释"(Bouvet,1998:131)。在她看来,奇异事件有"多种解析方式,它们可以和特定的参照框架联系起来"(Bouvet,1998:130)。奇异的事件是唯一的,但对这种扰乱并入侵日常生活的奇异现象的解释方式是未定的,它取决于解释时依赖的参照框架。

二、参照框架一:奇幻

盖尔迪罗德和欧文小说中的奇幻现象大多可以由奇幻、想象和梦境这三个参照框架进行解释。对故事最为直观、最为简单的解读就是承认奇幻的发生,奇幻是第一个参照框架。

在奇幻的参照框架下,盖尔迪罗德的《公众作家》中的主人公和博物馆里的蜡像公众作家互为替身。主人公感到自己和公众作家有内在的联系,因此公众作家的蜡像被阳光损坏后附身在主人公身上;而主人公在不知情的情况下来到小教堂,代替皮拉杜斯进行书写。在盖尔迪罗德的《你被绞死》中,众多线索表明被绞死的男子是主人公的前世化身:这个地区以及绞架对主人公来说是一种难以抗拒的诱惑;主人公从未见过刽子手布隆代尔,却在初次相遇时准确地认出他来;"另一个我"被绞死后主人公的身体感到了散架般的不适;当主人公以为一切不过是一场梦时,旅店里神秘的喜鹊却带着蔑视告诉他,他被绞死了。

　　欧文的奇幻小说同样可以以奇幻作为参照框架，且常常伴随着"证据物"（objet-preuve）。"证据物"是指"当现实与奇幻世界割裂后，当世界的和谐被重建后，留在现实世界的痕迹：可触知的、可见的东西，证明不同寻常、难以解释的事件曾发生"（Baronian，2007：64）。《一件真正的中国工艺品》《格里默尔女士的伟大爱情》和《谋杀罗兹女士》中的奇异事件都留下了不同的"证据物"。在《一件真正的中国工艺品》中，女子虽然消失不见，但她身上的香水味还在，"他站起来，用手触摸这个令人惊讶的生物刚刚坐着的并且仍留着她香水味的座位"（Owen，1987：64），以及当"他打开门，香水味，这他永远不会忘记的香水味扑面而来"（Owen，1987：65）。除了香水味之外，女子刚刚拿在手里的书也仍然存在，"在座位上，他刚刚放在那里的书本还原样地倒扣着打开……他仍然拥有这本书"（Owen，1987：65）。这说明了主人公对面的女人似乎真实存在过，她似乎是某种奇幻的存在，可以突然从现实世界中消失。

　　在《格里默尔女士的伟大爱情》中，格里默尔的口红落在了律师施蒂格利茨的办公室。当格里默尔的丈夫里卡多向施蒂格利茨宣布格里默尔的死讯时，施蒂格利茨打开抽屉，拿出口红反驳说："这是您妻子的口红。她来访时把口红忘在我的办公桌上了。"（Owen，1996：97）除此之外，里卡多在和施蒂格利茨交谈的过程中突然死亡。施蒂格利茨发现里卡多刚刚坐过的凳子出现了异样，"当人们运送里卡多的尸体时，施蒂格利茨惊恐地发现里卡多刚刚坐过的光滑红木制成的椅子在几分钟的时间内失去了光泽。光滑的木头变成了和石头一般的灰暗色。凳子上的丝绸难以解释地被烧光了，露出下面的填充物。某些恐怖的事情刚刚发生了，施蒂格利茨不敢尝试去理解"（Owen，1996：98）。根据里卡多拿出的死亡证明文件，格里默尔女士确实三个月前便已经去世，那么八天前出现在施蒂格利茨办公室里的女人便是死去的格里默尔的幽灵。她似乎一直等待着里卡多的到来,目的就是将他一同带走。她这么做的原因在小说中并没有明确说明,但是有两种可能性:一种是格里默尔女士为了伟大的爱情,要将丈夫带走,使他永远陪伴在自己身边,哪怕是在死后;另一种则是格里默尔女士的"自杀"背后可能另有隐情,甚至有可能是一场谋杀,因此格里默尔女士在死后选择复仇。

在《谋杀罗兹女士》中,"证据物"不再是东西,罗兹女士的死亡就是最好的证据。罗兹女士的死讯很快传开,并登上了报纸:"罗兹女士被谋杀!……一位贵族女士在家被勒死!……残忍冷血的谋杀!"(Owen,1998:147)在奇幻的参照框架下,主人公在梦里和年轻男子一起杀害了罗兹女士,并且谋杀在现实中也真实发生了。

三、参照框架二:想象

盖尔迪罗德笔下的奇幻"更多的是来自被恐惧和忧伤逐渐渗入、受狂热的想象折磨的主人公的思想中"(Canvat,1993:103)。奇幻首先发生在主人公的头脑里,因此奇幻事件的第二个参照框架往往是想象。在《公众作家》中,主人公认为他和蜡像皮拉杜斯之间拥有众多共同点,认为他们两者间存在强烈的联系,甚至于认为他们俩互为替身。一方面,皮拉杜斯如同有生命的个体。某天晚上,主人公决定控制住自己的羞怯与不安去打扰公众作家。进入小教堂后,主人公带着严肃与真诚向他问好,"如同他是真实的人"(Ghelderode,2001:15)。主人公还因为公众作家看起来过于像人而提出疑问:"这皮拉杜斯只是一个雕像?逻辑上说他可能只是雕像,不再是其他的什么,但他不能企图看起来像别的什么吗?"(Ghelderode,2001:14)另一方面,主人公感觉自己和蜡像一样。他"感觉和皮拉杜斯一样年老,并且和他一样充满了辛酸的怜悯,如同一个从去往过去的漫长旅途中回来的人"

(Ghelderode,2001:20)。他甚至希望变得和蜡像一样。他对公众作家说:"我只希望在您身边沉默不语并且和您一样一动不动。"(Ghelderode,2001:16)他"不怕承认希望成为皮拉杜斯,处在永恒的沉默之中:一个被人们遗忘的人,一个能完美写作却从不写的人,因为知道一切皆是虚幻"(Ghelderode,2001:19)。在炎炎夏日的折磨下,主人公"如同植物和石头一样痛苦,被残酷的矿石毒害"(Ghelderode,2001:23),失去生机,真的变得和蜡人一样,"如此消瘦,肤色暗淡,失去了人形"(Ghelderode,2001:23)。在主人公的思想中,皮拉杜斯拥有生命而自己如同物品,两者向对方倾斜与靠拢,以至于两个人的灵魂和身体似乎是相连的。主人公想着,"这种感情离我而去后似乎感染了他,如同我们俩的灵魂是相通的。他的眼睛蒙上了一层水汽,我担心看见他的眼睛因泪水而闪闪发亮。但我害怕看见的流淌在公众作家脸颊上的眼泪正在我自己的眼皮下形成"(Ghelderode,2001:21)。这一切巧合以及奇异现象似乎都发生在主人公的脑海中。

《你被绞死》的主人公则是在头脑中不断闪现前世记忆。他第一次去到圣-雅克平原时就感到异常熟悉,清晰地感觉自己一直处在这个地方未曾离去,他的"存在从没有在这个狭长地区之外延续过"(Ghelderode,2001:195)。他的头脑中充满了疑问,或是充满了预感,不禁发问:"在我们的记忆中是否存在先前存活的生命的记忆和痕迹?"(Ghelderode,2001:191)他甚至认为,自己以前可能是一头被带到这个市场的牛,而他保留着这头牛朦胧而模糊的记忆。在主人公与热夫的某次谈话中,热夫在提到绞绳后陷入幻想与呆滞,无视主人公的话,只是平静地紧盯着主人公,看着主人公继续做他的梦。主人公在脑海中生成了一幅画面:"他是不是看见我戴着他珍贵的绞绳,因为做坏事而被戴上了这麻质链条?"(Ghelderode,2001:201)主人公通过模糊的记忆、预感与直觉,在脑海中将自己与这个区域以及被绞死的人建立了联系。

　　欧文笔下的奇幻同样往往以想象作为参照框架。视觉总被看作较为准确的、理性的感官,但欧文小说中的主人公往往在夜晚、阴雨、大雾的昏暗环境中遭遇奇幻事件,他们自始至终都没有见到奇幻存在,这使得奇幻事件变得不确定,很可能是主人公成了自己想象力与感官的捉弄对象。如在《夜礼》中,主人公夜晚回到家后为了不吵醒父母而没有开灯,在黑暗中上楼梯,"现在完全是一片黑暗,没有任何一扇窗户为缓慢攀爬楼梯的我带来一丝夜色中来自外面的微弱光亮"(Owen,1998:20-21)。他听见了钟声,"客厅里的大时钟发出熟悉的滴答声,但在此刻,这声音使寂静的房子充满了一种罕见的庄重"(Owen,1998:20),似乎还听见了父亲的呼吸声,"隔着墙,我相信我听见了父亲有些剧烈的呼吸声"(Owen,1998:20)。随后,主人公感到了东西轻微滑动的震动,"突然间,另一只手拂过我紧紧抓住楼梯栏杆的手,冰凉的手,不属于任何身体的*孤零零的手*,因为我感觉它仅仅简单地跨过我的手腕并继续在黑暗中向下行走。它越过我后,那种有东西在我面前的感觉消失了"(Owen,1998:21)。随后响起父亲的应答声,这只神秘的手代替主人公敲了父亲的房门……主人公自始至终没有看见那只超自然的手,这只手的存在似乎是视觉的无力、可疑的噪声、沉闷的脚步声、突如其来的气流、令人厌恶的气味综合在一起带来的想象的结果,主人公自己也无法确定手是否真实存在。

　　主人公在夜晚、阴影、阴雨、大雾等昏暗环境中难以看清奇幻的原貌,视觉这一最令人信赖的感官不再值得信任,而其他感官有时还与视觉不再协调一致,这更令主人公陷入不确定之中。如在《不予诉讼》中,主人公霍尔托巴吉医生清晰地感受到他正在被人尾随,因为某人"几乎亦步亦趋地紧跟"(Owen,1985:72),他确信自己的听觉无误,"我听见了,我的听觉从不出错"(Owen,1985:72)。当他停下脚步时,周围一片寂静，只能听见远方闹市里传来的有轨电车的声响。但当他重新迈开步伐时，"我竖起耳朵，在我身后，又响起了脚步声"（Owen，1985：73）。而当他突然转身时，"脚步声仍然前进了两步，好似心不在焉，措手不及，对方没来得及及时止住脚步"（Owen，1985：73）。主人公仿佛可以通过声音洞察神秘人的举动，并确认神秘人的真实存在。然而，从视觉角度来说，主人公多次强调"空无一人"和"空无一物"，他"看向前方十米，什么也没有"（Owen，1985：74）。听觉和视觉的矛盾形成了一种模棱两可之感，主人公无法确定究竟是自己的感官出错并引发了幻觉，还是自己确实被无形的东西尾随，他在现实与奇幻之间陷入迷茫。叙述者冷静地、谨慎地记叙主人公的经历与犹疑，"看起来"（il paraît que）、"好像"（il semble que）、"可能"（peut-être）等情态词在叙述中被广泛地应用，他与事件保持着距离，通过这种方式向读者传递他对奇幻事件的不确定，一切可能仅仅发生在他的头脑里，仅仅是他的想象。

四、参照框架三：梦境

奇幻"准确地说是梦境或梦境状态的奇幻主义，在梦境或梦境状态中，最平凡的人类独自在一天之中多次失去理智或恢复正常"（Hellens，1941：8），梦境是发生奇幻现象的最佳地点。梦境成为现实和奇幻的连接点，很多奇幻现象往往发生在睡觉的前后，这也就使得梦境成了第三个参照框架。

盖尔迪罗德的《公众作家》和《你被绞死》中的奇幻现象似乎都是在主人公入睡后才得以显露的。在《公众作家》中，盖尔迪罗德先描绘了沉睡的环境，"拿撒勒区仍沉浸在炙热的水汽当中，一切都在沉睡，连小鸟也是"（Ghelderode，2001：21），随后又描写了被困倦囚禁的主人公，他思绪混乱、身体困倦，想出门见皮拉杜斯却无法行动，甚至难以离开沙发,一直处于半昏睡的状态。然而,当夏天过去,他回到修道院时却被达尼埃尔告知:"您怎么能忘记您整个夏天都来这里,几乎是每一天,在黄昏的时候?……您前天还来了。"(Ghelderode,2001:27)公众作家的蜡像早已被阳光损坏,被放置在了角落,而主人公则在睡梦中来到小教堂,坐在皮拉杜斯的位置上奋笔疾书,随后如同幽灵般毫不犹豫地离开。可见,主人公似乎是在睡梦中将自己当成了公众作家,因此以梦游的形式到修道院代替公众作家进行写作,等他醒来后,梦游时的记忆已经消失,但达尼埃尔目睹了这场梦游。在《你被绞死》中,同样是主人公先进入了沉睡的环境之中。他来到旅店,在半明半暗中看见老板热夫在吧台边的椅子上熟睡,如同一个死人一样,随后一阵昏沉侵袭了主人公。主人公并不与这昏昏欲睡的感觉做斗争,因为身边的人与物都已经陷入昏睡中。他放空思绪,认为"放任自己分解在这虚无之中是非常明智的选择"(Ghelderode,2001:205),并陷入睡眠当中。主人公在这里经历了梦境中的梦境,即梦见自己在做梦,但因为梦境过于真实,主人公最初并没有意识到这一点。主人公认为,自己睡着后被教堂的钟声与卡车的轰鸣声惊醒,他看见一辆货车停在了绞架下面,人们要绞死一个男人,男人在喊叫,主人公想大喊求助却发不出声音。他无法不去看行刑的场面,在这过程中他如同被施以绞刑的男人般,在生理上体会到了被绞死的感觉,"我的脖子着了火,我的太阳穴肿胀;刺激性的液体充满了我的口腔;我想要呕吐;火如同水流一般流淌过我的身体,并猛然冲入我的腹部;耳鸣声将我震聋……我相信我的椎骨断裂并且浑身脱臼,浑身散架掉入深渊"(Ghelderode,2001:207)。主人公昏睡过去,醒来后看见刽子手来到旅店喝酒(此处的昏睡与醒来依然是在梦境中),主人公在角落里缩成一团,却依旧被刽子手发现。刽子手惊讶地问:"有什么新消息吗,兄弟?……你知道我刚刚把你吊死吗?还是你是一个酷似他的人？……还是你这么快又死而复生了，我要再一次抓住你吗？”
(Ghelderode,2001:208)主人公在惊吓之中再次失去意识。上述的一
切其实都是主人公的梦境，随后主人公才真正从睡梦中醒来。热夫告
知他，自己看见主人公一直在沉睡，并在梦中喊叫与呻吟。主人公亲
自体验了前世的“自己”被绞死的感受，但这一切都发生在梦境中，梦
醒后的他完好无损。

　　欧文的《一件真正的中国工艺品》《格里默尔女士的伟大爱情》和
《谋杀罗兹女士》等作品中的奇幻现象也可以被放到梦境的参照框架
下进行解读。在《一件真正的中国工艺品》中，主人公在火车车厢里遇
到了坐在对面的神秘女子，这如同一场梦。主人公“看见了鼓励人们
去瑞士度假的广告牌。他想到冬季运动，想到滑雪一天之后的疲惫，
想到加了甜酒的茶的味道，随后逐渐伴随着车轮转动的嘈杂声，他睡
着了”(Owen,1987:61)。火车穿过铁路交叉口的声音唤醒了他，然而
“没有睁开眼睛，他就同时感受到了香水味、有人在场以及有人在注视
他”(Owen,1987:61)。“没有睁开眼睛”暗示主人公似乎并没有完全
醒过来，而是处在梦境和现实交接之处。当坐在他对面的女人消失
时，“她似乎越来越远，似乎产生了一种难以解释的距离，她似乎消散
在时间与空间中，她似乎只是从远处和过去被看到的一个景象、一个
简单的投影、一张不牢靠的幻灯片。片刻间，影像消失了。他对面没
有任何人”(Owen,1987:64)。这一段如同在描写人即将从梦境中醒
来时，梦里的画面逐渐模糊并且在梦醒的一刻突然消失。最终，他发
现面前“只有推荐去瑞士度假的广告牌”(Owen,1987:64)，这与他入
睡之前“看见了鼓励人们去瑞士度假的广告牌”(Owen,1987：61)形
成呼应，似乎现在是从梦中醒来，而刚才所见的女人不过是一场梦
而已。

　　在《格里默尔女士的伟大爱情》中，律师施蒂格利茨在事务所中会

见格里默尔女士的情景同样如同一场梦。施蒂格利茨视角下的两段
对格里默尔的描写中,施蒂格利茨似乎将要昏睡甚至正在昏睡,而格
里默尔女士似乎随时都会消失:

> 她以一种机械化的、非人的语气低语,如同在说给她自
> 己一个人听。她似乎心不在焉,如同一个站着睡觉的人,这
> 在施蒂格利茨身上产生了一种古怪的效果,他自己似乎也陷
> 入了一种奇异的昏睡之中。格里默尔女士开始变得不真实,
> 变成了一个模糊的影像,在某种雾气中远去。但他恢复镇
> 定,强迫自己集中注意力,格里默尔女士立刻又重新出现在
> 了他面前,触手可及,有血有肉。(Owen,1996:92)

这看起来像是施蒂格利茨处于半梦半醒的状态,且相似的现象很
快再次出现:

> 再次出现了沉重而漫长的沉默,在这期间施蒂格利茨感
> 觉陷入了古怪的眩晕之中。他必须晃动身体、揉擦眼睛,这
> 才能使再次在他面前消散的格里默尔女士的影像恢复正常
> 的轮廓。他把手放在额头上,他的呼吸变得不顺畅。这个女
> 人正在使他生病,就是字面上的这个意思。(Owen,1996:
> 95)

施蒂格利茨似乎正在经历着一场噩梦,并且梦随时都可能醒来。
《谋杀罗兹女士》中,主人公在年轻男子的带领下谋杀了罗兹女士
的经历则更明显像是一场梦。故事开篇时,主人公和年轻男子已经勒
死了罗兹女士,随后故事的时间又回到了谋杀开始之前。主人公回忆

自己和年轻男子的相遇,他们是在港口旁边的小酒吧里遇见的。主人公将港口边的小酒吧称为"理想的地点"(androit rêvé)(Owen,1998:141),但法语中"rêvé"既可以表示"理想的、完美的",也可以表示"梦中的",因此小酒吧也可以被理解为是"梦中的地点",暗示故事或许和梦境有所联系。主人公还描写了自己旁边的两个坏男孩,"两个坏男孩在吧台旁边打扑克"(Owen,1998:142),正是这两个坏男孩在后文中证实主人公一直在酒吧睡觉,从未离开。随后,年轻男子主动过来结识主人公,主人公和年轻男子一同离开前往罗兹女士的住所,实施了谋杀并一起坐马车离开。随后,主人公突然从梦中醒来,"我突然从昏沉中醒来。我碰撞到了被遗忘的现实。我在小酒吧里,在港口旁边。可能,什么都没有发生"(Owen,1998:146)。主人公环顾四周,两个坏男孩依旧在打扑克,与主人公遇到年轻男子前的情景几乎一模一样,"两个坏男孩在老板假装感兴趣的目光下打扑克"(Owen,1998:146)。随后,两个坏男孩的话语证实,主人公在过去的两个小时内一直在睡觉,并从未离开小酒吧:"过去的两个小时里,我们两个打牌破产了又挣回了资产。这使我们开心……不是所有人都能和您一样打鼾……"(Owen,1998:147)旁人的证词确确实实地证明了主人公并没有时间去谋杀,谋杀无疑发生在主人公的梦境中。

　　奇幻、想象、梦境的参照框架实际上是相互排斥的,往往事件的真相只有一个,但这三个参照框架又是共存的,因为它们都可能是事件的真相。这就使得奇幻现象有多种并存的解释方式,可以归为两类:"一种是与现实动机相符合的推理的、经验论的可能性(物理法则、梦境、妄想、幻觉);另一种是将非真实搬到奇幻背景中的推理的、超经验论的可能性(神话、神迹和奇迹般的宗教学、秘术等),这种可能性或许不令人接受,但至少令人理解。"(Bessière,1974:32)奇幻可以用经验论的可能性来解释,也可以用超经验论的可能性来解释。这也就使得现实世界与奇幻世界处于一种相对的平衡状态,奇幻不是绝对的,而是相对的。

　　奇幻与现实的模棱两可实际上就是犹疑,也就是我们不确定奇幻是否真的发生了。从盖尔迪罗德和欧文笔下的故事的结尾看,无论是归于现实的结尾还是悬而未决的结尾,它们都拒绝为奇幻事件给出明确而唯一的解释。这种拒绝解释的做法所带来的模棱两可,使奇幻与现实处在相对平衡的状态,谁也无法彻底取缔另一方。从叙述方面看,盖尔迪罗德和欧文小说中的叙述者往往近乎等同于主人公,叙述者-主人公既是奇幻事件的参与者又是奇幻事件的见证者,既在不确定中产生疑问又带着疑问叙述不确定,其叙述往往并不是完全权威的,这也就使得多种参照框架都可以对奇幻现象进行解释。盖尔迪罗德和欧文小说中的奇幻现象大多可以由奇幻、想象和梦境这三个参照框架来进行解释,三个参照框架相互排斥又共存,使得现实世界与奇幻世界处于一种相对的平衡状态。

结　语

　　在本书中,我们以盖尔迪罗德和欧文的奇幻小说为例,解读了比利时奇幻小说是如何构建奇幻的。在第一章中,我们研究了奇幻小说的概念。在第二章中,我们研究了比利时法语奇幻小说的概况。在第三、四、五章中,我们对米歇尔·德·盖尔迪罗德和托马斯·欧文的奇幻文本进行了分析,从奇幻的端倪、奇幻的显露、奇幻和现实的相对平衡这三个方面分析盖尔迪罗德和欧文作品中奇幻的构建。

　　盖尔迪罗德和欧文的奇幻小说最初展现了充满现实感的现实世界和看似正常的现实人物,然而环境与人物身上偶尔或持续透露出的异常显示出奇幻存在的可能,由此显露出奇幻的端倪。奇幻事件陆续出现,随着生死界限与时空界限变得模糊甚至彻底消融,奇幻变得逐渐清晰直至完全显露出来。然而,奇幻事件总是既可以用超自然因素解释,也可以用理性因素解读,奇幻和现实几乎势均力敌,谁也无法彻底取代另一方,给读者留下无尽的悬念与思考空间。

　　在奇幻的构建过程中,除了上述的共性,奇幻作家自身的个性也体现了出来。盖尔迪罗德笔下的主人公身上带着作者的影子。在身体方面,盖尔迪罗德从 1936 年开始受到哮喘、抑郁与头痛的折磨,只能靠注射药物缓和痛苦,但病痛在接下来的几年中逐渐加剧,他正是在这期间完成了《魔力》小说集。一方面,小说集中饱受病痛折磨、使用药物或生命垂危的主人公如同作者的化身。另一方面,小说集中出现的幽灵、死神、分身术、预知力和获得生命的模型与雕像似乎不仅仅是文学元素,更像是作者经历过的一场场幻觉。欧文关注的重点始终是日常生活中不起眼的事物和人物。他从日常环境出发,注重观察,不断积累异常,最终实现颠覆,正如欧文所说:"我首先是一个视觉者,在小说中,观察的才能是必不可少的。"(转引自:Kiesel,1995:82)欧文从现实出发,"把我们关在伪装的环境中,成千的埋伏着的危险用恶意的眼光窥伺着我们。在平静的文章中,一切都在没有任何告知的情况下改变了征兆"(Kiesel,1995:120)。正因为欧文笔下的恐怖来自人们熟知的平凡生活,所以读者们更难以摆脱这精心设计的恐怖陷阱。

事实上,奇幻小说并不仅仅是幻想的文学,它既包括天马行空的想象,也包括内在隐含的理性逻辑,既包括表面上的奇幻存在,也包括其背后的心理渊源。奇幻小说中的神秘人、幽灵、亡灵无处不在,它们似乎与人类内心的焦灼与阴霾存在共性,无形中萦绕在人们的身旁,存在于人们的脑海中。其实人们对此并不陌生,无论是西方还是东方的神话与传说中都少不了神秘人、幽灵、亡灵的存在。它们甚至偶尔也在现实生活中掀起涟漪:我们有时会感到身后有人,但回头一看却空无一人;我们有时会听见奇怪的声响,却不确定它从哪里传来;我们有时会觉得某些场景非常熟悉,却无法具体回忆起来……我们或许只会短暂地纠结片刻,然后理智便占据了上风,嘲笑着精神的过度敏感以及想象力的过度丰富。随着科技与人类认知的发展,人类愈发理性,愈发习惯于压抑自身的想象、敏感、脆弱、焦虑以及恐惧。将压制人类自由、欲望与渴望的种种束缚幻化成具体的奇幻形态,在让人感到焦虑与恐惧的同时,也质疑了理性的存在,让人类暂时得到心灵上的解脱。奇幻小说既充斥着天马行空的想象,又不否认人类的理性;

奇幻小说既描写我们熟悉的世界，又挖掘隐藏在现实世界之下的陌生世界。想象与理性、显性与隐形这两对看似矛盾的特点却和谐地融合在了奇幻小说中，这也构成了奇幻小说的内在魅力。

参考文献

马胜利. 比利时. 北京:社会科学文献出版社,2004.

尼古拉依. 比利时的法语文学. 周家树,译. 法国研究,1993(2):
104-119.

王腊宝. "结构主义先生"与奇想文学——重读茨维坦·托多罗夫的
《奇想:一个文学样式的结构研究》. 苏州大学学报(哲学社会科
学版),2012(3):120-126.

韦勒克,沃伦. 文学理论. 刘象愚,刑培明,陈圣生,等译. 浙江:浙江
人民出版社,2017.

Baronian, J.-B. *La Belgique fantastique avant et après Jean Ray*.
Verviers:Marabout,1975.

Baronian, J.-B. *Panorama de la littérature fantastique de langue
française:des origines à demain*. Paris:La table ronde,2007.

Bellemin-Noël, J. Des formes fantastiques aux thèmes fantastiques.
Littérature,1971(2):103-118.

Bellemin-Noël, J. La littérature fantastique. In Abraham, P. &
Desné, R. (eds.). *Histoire littéraire de la France* (Tome IV).
Paris:Les éditions sociales,1973:337-350.

Bessière, I. *Le récit fantastique : la poétique de l'incertain.* Paris : Larousse, 1974.

Biron, M. Le décentrement de la moderniré littéraire : l'exemple de la Belgique francophone entre les deux guerres. *Tangence*, 1993 (40): 81-99.

Bouvet, R. *Étranges récits, étranges lectures. Essai sur l'effet fantastique.* Montréal : Balzac-Le Goriot, 1998.

Caillois, R. *Au coeur du fantastique.* Paris : Gallimard, 1965.

Canvat, K. Fantastique et carnavalesque dans les « contes crépusculaires » de Michel de Ghelderode. *Textyle*, 1993 (10): 97-112.

Fabre, J. *Le miroir de sorcière.* Paris : José Corti, 1992.

Ghelderode, M. de. *Sortilèges et autres contes crépulaires.* Bruxelles : Labor, 2001.

Goodman, N. *Ways of Worldmaking.* Indianapolis : Hackett, 1988.

Grivel, C. *Fantastique-fiction.* Paris : Presses universitaires de France, 1992.

Hamon, P. *Du descriptif.* Paris : Hachette, 1993.

Hellens, F. *Nouvelles realités fantastiques.* Bruxelle : Les écrits, 1941.

Hellens, F. Dramaturge ou conteur?. *Marginales : Revue bimestrielle des idées et des lettres*, 1967(112/113): 38-40.

Hellens, F. *Le fantastique réel.* Bruxelles : Labor, 1991.

Jakson, R. *Fantasy : The Literature of Subversion.* London : Routledge, 1981.

Juin, H. Préface. In Jacquemin, G. *Littérature fantastique.* Paris :

Nathan-Labor，1974：1-4.

Kiesel，F. *Thomas Owen：Les pièges du Grand Malicieux*. Ottignies：Quorum，1995.

Mellier，D. *L'écriture de l'excès：Fiction fantastique et poétique de la terreur*. Paris：Honoré Champion，1999.

Nodier，C. *La fée aux miettes*. Bruxelles：J. P. Méline，1832.

Owen，T. *Les Chemins étranges：Nouvelles fantastiques*. Paris：Nouvelles éditions Oswald，1985.

Owen，T. *La truie et autres histoires secrètes*. Bruxelles：Labor，1987.

Owen，T. *Oeuvres complètes*. Bruxelles：Claude lefrancq，1994.

Owen，T. *Cérémonial nocturne et autres histoires insolites*. Bruxelles：Claude Lefrancq，1996.

Owen，T. *Conte à l'ancre de la nuit*. Bruxelles：Labor，1998.

Prince，N. *La littérature fantastique*. Paris：Armand Colin，2015.

Ray，J. Préface. In Owen，T. *Oeuvres complètes*. Bruxelles：Claude Lefrancq，1994：797-801.

Sartre，J. -P. *Les mots*. Paris：Folio，1972.

Soncini，A. & Owen，T. Entrevu avec Thomas Owen. *Francofonia*，1983(5)：27-35.

Todorov，T. *Introduction à la littérature fantastique*. Paris：Seuil，1970.

Trousson，R. Jean Ray et le discours fantastique. In Otten，M. *Études de littérature française de Belgique offertes à Joseph Hanse*. Bruxelles：Jacques Antoine，1978：201-208.

Vax，L. Le fantastique, la raison et l'art. *Revue philosophique de la*

France et de l'étranger，1961(151)：319-328.

Vax，L. *L'art et la littérature fantastique*. Paris：Presses universitaires de France，1963.

附录:比利时奇幻小说梗概

一、《魔力》小说集(*Sortilèges*)

米歇尔·德·盖尔迪德罗(Michel de Ghelderode)

(一)《公众作家》(« L'écrivain public »)

主人公时常前往位于贝居安女修会建筑中的博物馆参观,他无法控制地被一个蜡像——公众作家皮拉杜斯(Pilatus)吸引。他向蜡像倾诉秘密,幻想皮拉杜斯的手和活人的手一样可以写下文字。夏季来临,主人公因身体不适而无法出门,他在昏睡中想象着自己回到皮拉杜斯身边,向其倾诉烦扰,而皮拉杜斯则将它一一写下。夏天过去后,他重返博物馆,发现皮拉杜斯因被太阳晒伤而手臂断裂,蜡像被放置在了角落。守门人达尼埃尔(Daniel)告知主人公,他每天都看到主人公坐在皮拉杜斯的位置上不停地写作……

(二)《魔鬼在伦敦》(« Le diable à Londres »)

主人公在伦敦感到痛苦,他内心崇尚魔鬼,渴望一场奇遇。某天,他在泰晤士河边散步时,走到一幢建筑前,建筑的门上标有魔鬼梅菲斯特(Méphisto)的名字。他相信魔鬼的存在,推门进去后观看了一场渴望进行魔术巡演的"魔鬼"的表演,并与之进行了交谈。交谈中,"魔鬼"提到两人在三十多年前便已经见过,当时"魔鬼"在表演魔术的尾声部分提出要使一位观众从棺材中消失,他向当时年幼的主人公提出邀请,吓得主人公落荒而逃。"魔鬼"魔术师在临走时提出,将在地狱和主人公再次见面。

(三)《病园》(《 Le jardin malade 》)

主人公租下了一处荒凉而古怪的府邸,他儿时每天上学时都会经过这里。他和他的狗一起搬进了府邸,府邸中有一处植物异常茂盛的花园,这处花园实际上建在墓地之上。一只邪恶的猫住在花园中,这只猫在夜晚时注视着主人公,主人公认为它是魔鬼的化身。身患残疾的小女孩奥德(Ode)出现后,主人公和狗试图保护她,但她最终被猫杀害。狗为了救小女孩将猫咬成重伤,猫下落不明。奥德死后,伤心的主人公带着狗离开了这处府邸。

(四)《圣物爱好者》(《 L'amateur de reliques 》)

主人公莫名被古董店的店主拉杜斯(Ladouce)先生吸引。主人公对拉杜斯的冷漠与慵懒感到不满,决定对其进行一番愚弄,佯装想买一个昂贵的圣体盒,但借机提出了渎神的要求,让拉杜斯在圣体盒内装满从教堂偷来的圣体,准备将圣体用于渎神仪式中。某天,主人公在街上见到了拉杜斯,他似乎准备前往教堂偷圣体,主人公回家后等待着拉杜斯被捕的消息。但一直没有圣体被偷的消息,拉杜斯也没有在两人约定好的时间出现,且古董店的老板在短时间内换成了新人。过了一段时间后,主人公在街上闲逛时,在另外一家高级古董店里发现了圣体盒,并且发现拉杜斯竟然是这家古董店的老板。

(五)《魔力》(« Sortilèges »)

主人公坐火车前往海边,试图逃离现实。他来到了一个充满狂欢节气氛的海滨城市,街上的人们都戴着面具。一个粗俗的上了年纪的女人向主人公推销面具,主人公拒绝后她声称由于主人公蔑视面具,不幸将降临在他身上。主人公来到海边,他看到一艘载着十几个怪异的人的船驶向岸边。船靠近后,他发现船上是一些身体发灰、时而缩小时而膨胀、头部巨大、脸部如同水母般的人形怪物。在他差点被这些怪物杀死时,一个大天使出现并救了他,又将他带到了宾馆的房间。主人公参与了狂欢节,看见人们用焰火举行驱除罪恶的仪式,主人公由于情绪过于激动而晕厥,第二天醒来时发现了狂欢后的一片狼藉。

(六)《偷走死亡》(« Voler la mort »)

主人公一直忘不了儿时听过的一句话:"死亡来的时候如同一个小偷!"主人公在酒馆里认识了两个朋友:莱昂纳尔(Léonard)和普罗斯珀(Prosper)。莱昂纳尔活泼并健谈,容易获得人的好感,但某晚主人公突然得了重病时,他却试图偷取主人公的财物。普罗斯珀平日沉默寡言,但他阻止了莱昂纳尔趁主人公生病时偷取主人公财物的行为,并将主人公送到了医院。普罗斯珀曾听过一个传说,死神穿上某人的鞋后,那个人就会立刻死亡。他认为主人公病重时死神会来穿主人公的鞋,因此他偷走了主人公的鞋,从死神手里救出了主人公。

(七)《圣母孤独》(« Nuestra Senora de la Soledad »)

主人公是个孤独并热爱孤独的人。他被一座孤独的圣母像所吸引,每天早上都去看圣母像,有时候晚上也会去。他坐在祭台的一角,一言不发,不向圣母像做任何的祷告和祈求。在主人公看来,圣母像使他感到安慰;而他的存在也令圣母像感到安慰。某个周日,圣母像身上发生了一个奇迹,她抬起眼皮看向主人公,并且询问主人公有何愿望。主人公回答说,请圣母保佑他能始终孤独下去,随后圣母像又变回了一座雕像。

(八)《雾》(« Brouillard »)

主人公从幼年开始就总是能听见神秘人的耳语。十二月的一个傍晚,他走在回家的途中,突然空气中大雾弥漫,他感受到有一个神秘存在一路紧紧追随着他。他选择走小路,却仍未摆脱这个神秘存在。他跑回家中,将神秘存在关在大门外,但他躺在床上无法入睡,感到自己似乎在发烧,迷糊中看到自己被天使纯洁的嘴和恶魔不洁的嘴所包围,这些嘴都在向他低声倾诉。这一切都在日出之际消失。几天后,他得知一位他认为已经在道德层面死亡的故人去世了。

(九)《黄昏》(« Un crépuscule »)

大雨从清晨一直下到黄昏,主人公幻想着世界末日即将到来。雨停后,一束强光照进主人公的屋内,同时他的房屋变得和水族馆一样,主人公只能摸索着离开房间,街道上空无一人,天空中的云如同怪物一般。一间教堂吸引了他的注意,当他进入教堂后,教堂开始塌陷。当主人公深陷危机时,神秘的力量拯救了他。他从教堂出来后,发现世界恢复了原样,街上有很多人和牲畜,这些牲畜将被用作祭祀品。

(十)《你被绞死》(« Tu fus pendu »)

主人公被圣-雅克平原吸引,对此处有一种莫名的熟悉感。他每天都去平原上名为"小绞架"的旅店喝酒,旅店主人热夫(Jef)喜爱收集古物并热衷于讲奇异的历史故事。他告诉了主人公位于旅店对面的绞架的故事,并等待着从刽子手的后代布隆代尔(Blondeel)手里获得一份礼物——一截绞绳。主人公始终看不见绞架,认为那不过是一块突出的铜臂,却一眼认出了未曾谋面的布隆代尔。主人公因出现幻觉而认为这片平原充满诅咒,决定离开平原一段时间。当他重返旅店后,他在睡梦中看见一个与自己一模一样的男人在绞架上被绞死,自己也切实感受到了肉体上的痛苦与心灵上的恐惧。

(十一)《冷杉的味道》(«L'odeur du sapin»)

体弱多病的主人公某天接到了诡异的来访。来访者是一个水手,看起来像淹死的人,主人公立刻认出他就是死神。死神提出要玩象棋,主人公意识到自己如果输了就会死亡。因此,主人公在下棋时叫来了自己名为"死罪"(Péché mortel)的女仆,意图靠女仆的性吸引力扰乱死神,死神果然被影响,停止下棋,去找女仆。最终,女仆被死神杀死,女仆的牺牲使主人公暂时得救。

二、《母猪》小说集(*La truie et autres histoires secrètes*)

托马斯·欧文(Thomas Owen)

(一)《母猪》(«La truie»)

主人公克劳利(Crowley)在开车途中碰到了大雾,克劳利虽然减慢了车速,却因为大雾而出现了种种幻觉,被迫在一家小旅馆里寄宿。他下楼准备吃饭时,碰见了老板娘的一众朋友,其中一位邀请他和他们一起玩"母猪游戏"。他赢得了游戏并获得了去看母猪的权利,老板娘将他带到一间谷仓后离开,他看见了一个长得和母猪一样的女人。克劳利做了一晚上的噩梦,第二天醒来后再次去谷仓确认,谷仓里只有一头猪而没有女人。但克劳利发现,他昨晚在这里看到的靠在墙边的女士自行车不见了……

(二)《黑球》(« La boule noire »)

主人公内特斯海姆(Nettesheim)住在宾馆的房间里,他突然看到了一个类似于小羊毛球的东西,看起来像是猫或小鸟。内特斯海姆试图抓住这个黑球,但是黑球非常灵活,内特斯海姆始终抓不到它。随着内特斯海姆感到愈发恐惧和气愤,黑球逐渐变大。内特斯海姆猛地扑向黑球,将黑球扔在地上并用脚踩住它。黑球从脚部开始吞噬内特斯海姆,最终将他整个吞噬,他变成了一个黑球。突然有人开门,变成黑球后的内特斯海姆胆怯地藏到沙发下面……

(三)《伺机者们》(« Les guetteuses »)

主人公在公园里偶然遇到一个独自坐在长凳上的老女人,女人的目光使他厌恶,他大喊着叫女人走开。主人公在咖啡馆里注意到了一个四十岁左右的中年女人,女人身边放着菜篮,菜篮里是用报纸包着的葱。主人公想象着自己回到了儿童时代,是个小男孩。当他从思绪中回过神来时,女人已经不在了。主人公询问服务员,服务员却说那里从来没有女人。主人公在雨天遇到了一个年轻女人,女人提出给他雨伞并邀请他到家里喝酒。当他们到女人家里后,主人公落荒而逃,因为他在走廊里看见了之前见过的装着用报纸包着的葱的菜篮。主人公在小公园里遇到了一个小女孩,女孩带他前往一座房子,他在房子里看见了他之前遇到的三个女人。

(四)《一件真正的中国工艺品》(« Une véritable chinoiserie »)

主人公独自一人在火车车厢里睡觉,醒来后发现一个神秘的女人坐在他对面看书。他主动开口搭讪,女人邀请他为她读书。女人突然看起来身体不适,主人公试图帮忙,被女人拒绝了。女人的影像越来越模糊,最终消失不见。主人公在火车里四处寻找,都没有找到女人。但当他回到车厢后,车厢里依旧留有女人的香水味,并且女人留下的书也还在座位上。

(五)《汽车旅馆派对》(« Motel party »)

主人公住在汽车旅馆的房间内,晚上一名叫莫利的神秘女子来敲门,说自己和朋友走散了,希望在主人公的房间里休息一晚。主人公出于好心答应了。莫利和主人公说起自己的丈夫和丈夫的两个朋友也在这个宾馆,他们一直以来都在排挤自己。第二天,主人公醒来后发现莫利已经不在,他认为莫利是去找自己的丈夫了。他碰到莫利的丈夫后询问莫利的事情,丈夫以及朋友都非常惊恐。警察告知主人公,莫利的尸体已经被找到,但她已经死亡了将近十二个小时,她昨晚不可能出现在主人公的房间里。最后,在主人公的帮助下,警察证实是莫利的丈夫及其朋友谋杀了她。

(六)《旅行者》(« Le voyageur »)

身患残疾、不能行走的女孩帕特里夏(Patricia)和她的仆人弗朗斯先生(M. Franz)居住在荒凉的城堡里。某一天,一位旅行者搭乘火车来到城堡,他的动机无人知晓。旅行者的到来让帕特里夏想起了十年前的一个小男孩,小男孩爱慕她,但她却在火车驶来的时候将小男孩推下列车轨道,造成了男孩的死亡。终于有一天,旅行者抱着帕特里夏,当火车驶近的时候,将她扔过建在高处的栏杆,帕特里夏摔得粉碎……弗朗斯先生听见帕特里夏的喊叫后拿着步枪赶来,失去理智的弗朗斯先生看着旅行者,但旅行者立刻消失,而死去的小男孩出现了,跑进森林之中。

(七)《别人的事》(« Les affaires d'autrui »)

主人公在雨天来到了一家小旅馆避雨。主人公注意到了一位金发的女人,女人一直关注着时间,并且看起来很忧伤。女人离开时主人公尾随着她,女人在路上从包里拿出了一个东西,想把它扔进水沟或者埋进土里。随后发生了爆炸,主人公的肩膀受了伤,女人试图救主人公并向他道歉,说明自己并不想这样做。最后,人们没有找到武器,也没有找到那个女人。

三、《夜墨》小说集(*Conte à l'ancre de la nuit*)

托马斯·欧文

(一)《夜礼》(« Cérémonial nocturne »)

主人公每次晚归后,都要到父母的房间亲吻父亲的额头表示晚安。然而,某天夜晚他决定省去这个习惯,直接回自己的卧室。房屋里一片漆黑,他在上楼梯的时候感受到了一只无形的手的触摸,且这只手越过他敲响了父母的房门,主人公在惊愕与恐惧中和平时一样行了夜礼。从此,他再也不敢跳过夜礼。

(二)《生命停止》(« Et la vie s'arrêta ... »)

某天夜晚,随着神秘男人脚步声的到来,村庄里的一切生命都停滞了:热爱收藏钟表的男人因突然感到一阵令人恐惧的寒风而钻进被窝,并发现自己的钟表突然停止;热爱收集古币的医生心脏病突发,却发现已经没有力气为自己注射救命的药物;年迈的女人在照镜子时发现自己全身无法动弹,心爱的宠物狗奄奄一息……随着她发出的一声尖叫,男人的脚步声逐渐远离并减弱,村庄从停滞中被解救出来,一切恢复了正常:钟表匠停止的摆钟开始走动,无力注射治疗心脏病药物的医生突然又有了力气,无法动弹的女人可以行动了,奄奄一息的宠物又恢复了正常。与此同时,村庄也恢复了往日的生机。

(三)《雨之少女》(« La fille de la pluie »)

主人公德佩尔刚吉(Doppelganger)在雨天独自到空无一人的沙滩上散步,在雨中遇到了一位身上沾有鲜血的少女拉米(Lamie),主人公开玩笑地问少女是否杀了人,少女默认了。拉米带着德佩尔刚吉来到了一幢位于郊区的废弃的大别墅。他们二人来到一个房间门前,拉米推开门,德佩尔刚吉看见床上有一具女人的尸体,拉米承认是自己杀了女人,并请求德佩尔刚吉用剃刀杀了自己,因为她们两人约定要一起死去。第二天,当德佩尔刚吉醒来时,他发现自己躺在床上,没有两个女人的踪影。回到酒店后,他得知五年前人们在那处废弃的别墅里发现两个陌生的年轻女人在床上被割破喉咙,凶手和凶器至今没有找到。

(四)《夜游》(« Nocturne »)

某天晚上,主人公不受控制地走到了几年前一个无名氏死去的地方,他对这位死去的无名氏充满惋惜和同情。一只古怪的狗此时出现,引导着主人公踏入了"别处"。主人公在夜间收容所门前碰到了一个寻找爸爸的小女孩,当女孩前往咖啡馆时,她径直走进门窗紧闭的咖啡馆。随后主人公遇到一个警察,他们谈了几句话,警察看了一眼后,一句话也没说就冲向咖啡馆,同样径直穿过了咖啡馆的墙面。主人公遇到了死去的无名氏,并从他口中得知今天是这个区域内幽灵的聚会日。最后,主人公再次遇到了引导他进入平行空间的狗,正是这只狗又引导他回到了现实世界。

(五)《死去蝴蝶的翅膀》(« Une aile de papillon mort »)

费多尔·格林(Fédor Glyn)用公园里的体重秤称体重时,发现指针显示 2.9 千克。格林最初确信秤坏了,但当他经过药店时,又用了药店的体重秤,发现仍然显示 2.9 千克。当他回到家后,他脱光身上的衣服,用体重秤称量,发现指针指到 0 刻度。这时他的妻子回来了,他的妻子告知他,她的体重近两个月来也显示为 0。夫妻二人似乎都成了某种无法解释的"传染病"的患者。

(六)《谋杀罗兹女士》(« L'assassinat de lady Rhodes »)

主人公在酒馆里认识了一位神秘的青年,青年邀请他一同前往罗兹女士居住的别墅进行一场谋杀。他们实施谋杀后一起坐马车离开。这时,主人公突然从梦中醒来,身边两个打扑克的男孩证实他一直在睡觉,没有离开过酒馆。但不久后,罗兹女士在家中被勒死的消息登上了报纸。

(七)《女乘客》(« La passagère »)

主人公在一个雨夜中开车,一个女孩向他招手并搭乘了便车。主人公询问女孩的职业,女孩让主人公猜测,她最终揭晓谜底,说自己是指甲修剪师。女孩下车后走向一座房子,从包里拿出钥匙准备进门,主人公看到房门口挂着牌子"努瓦泽(Noiset)医生"。主人公回到家后,发现女孩的箱子落在了车里。主人公致电努瓦泽医生,努瓦泽医生说晚上并没有女孩来过,认为主人公出现了幻觉。主人公为了弄清事实,就打开了女孩的箱子,发现箱子里有六只苍白的人手。

(八)《变形》(« Métamorphose »)

主人公在晚宴结束后准备打车回家,一位非常年轻的女人开口搭讪,主人公决定坐出租车送她回家。主人公回到家后做了一个奇怪的梦,在梦里,主人公手里拿着一个材质珍贵的小雕像,主人公知道这个雕像很珍贵,但他无法控制地将小雕像猛地扔在冰上。小雕像并没有碎,而且开始变得温热。第二天,主人公反复想起前一晚的梦,难以控制自己,决定去找那晚晚宴上的女人。主人公到达女人的住处后发现,这个房屋正待出售,主人公敲门也没人回应,当他透过窗户向房屋里看时,竟发现里面是空的。最终,主人公推开门走了进去,在一个大厅里,看到一个巨大的女人雕像。

(九)《在空房子里》(« Dans la maison vide »)

主人公来到叔叔所在的城市,因为叔叔的孩子得了猩红热,所以叔叔无法邀请主人公到家中居住。正巧邻居梅罗瓦克(Mérovac)外出旅行,需要八天左右的时间才能回来,叔叔便为主人公在梅罗瓦克家中准备了一个房间让他暂住。主人公当晚在房子内睡觉时遇到了不祥且难以解释的事件:他听见有人进入房子中,却不见人的踪影,并在床单里发现了柔软、湿润、黏稠的如同溺水者肌肤的东西。第二天早上,主人公去找叔叔,想要告诉他前一晚发生的这件怪事,却在河里看到了邻居梅罗瓦克的尸体。

四、《夜礼》小说集

(*Cérémonial nocturne et autres histoires insolites*)

托马斯·欧文

(一)《突变》(« Mutation »)

主人公爱德华(Edward)是个失意的中年男人,妻子长久以来的打压和冷漠导致他缺乏信心与活力,成为一个平庸和消沉的人。某一天,他突然感到身体不适,如同被挤压进一具狭小的身体中,他竟然从中年男人变成了一个小男孩。妻子回到家中,看见床上的小男孩感到非常惊讶,她在房间内四处寻找自己的丈夫却没有找到。而小男孩则冷笑着用床单把自己盖了起来。

(二)《格里默尔女士的伟大爱情》(« Le grand amour de Mme Grimmer »)

因为想咨询和年轻丈夫里卡多(Ricardo)的离婚事宜,年迈的格里默尔女士(Grimmer)来拜访身为法律顾问的朋友施蒂格利茨(Stieglitz)。其间,施蒂格利茨感到头晕并出现幻觉,感觉格里默尔女士随时要消失。八天后,里卡多来到施蒂格利茨的办公室,告诉他格里默尔三个月前在纽约自杀身亡,并且已经下葬。律师不相信此事,因为他八天前还见过格里默尔。为了证明自己的说法,他还从抽屉里拿出了格里默尔当时遗留在这儿的口红。尽管不能让人理解,但里卡多此时提出让律师处理遗产问题,而他是唯一的继承人。这时,律师再次感到头晕并闻到了格里默尔的香水味,随后里卡多当场死亡。

五、《奇怪的路》小说集

(*Les Chemins étranges : nouvelles fantastiques*)

托马斯·欧文

《不予诉讼》(« Non-lieu »)

主人公霍尔托巴吉(Hortobagy)医生半夜出行时感觉被人跟踪,中途偶遇一个小男孩,然而却始终无法看到这个紧紧尾随他的"人"。第二天,他发现自己曾在睡梦中离开住所,却始终无法回忆起自己这段"梦游"的经历。某天晚上,他发觉这个神秘人潜入了他的家中,并且在镜子中看到了这个神秘人——他自己。最终,警探发现霍尔托巴吉医生暴毙于自己家中。

六、《欧文作品全集》(*Oeuvres complètes*)

托马斯·欧文

《15. 12. 38》(« 15. 12. 38 »)

法学家彼得鲁斯·威尔格(Petrus Wilger)在家中以异常的方式收到一封由住在街对面的小男孩转交的信,信件中写着"电话15 12 38。等消息。"威尔格从这一刻起感受到来自居住的街道的深深恶意。他到市中心的啤酒屋喝酒,却惊奇地发现自己的手无意识中一直在桌子上写"15 12 38"。他忍不住到啤酒屋里的电话间拨通这个号码,一个神秘人接了电话却只说了一些让人无法理解的话。他在回家的路上再次进入电话亭,尝试查询号码的主人却发现号码不存在。回到家中,他不停观察对面的房屋,最终尾随送信的小男孩进入一间带绿色房门的屋子,却被困在这个古怪异常的房屋中无法逃脱。最终,威尔格的尸体在一个十年没有人住过的房屋中被人发现。

后　记

　　初次接触比利时奇幻小说是在北京外国语大学研究生二年级的法语文学课上，比利时外教用整个学期的课程向我们介绍比利时奇幻小说的概念，并且带领我们对奇幻小说的文本进行分析。对比利时奇幻小说的学习可谓是从概念起步的一场从零开始的神秘旅行。提到奇幻小说，我们自然而然想到的是西方奇幻经典，但老师在第一堂课就纠正了我们对奇幻小说的有限认知。在比利时文学甚至在整个西方文学的语境里，奇幻小说指的是讲述发生在现实世界中的难以解释的现象与事件的作品，因此我们首先想到的一些著名作品事实上并不属于奇幻小说的范畴。由于比利时奇幻小说的概念与我们平时所认知的奇幻小说的概念不尽相同，对奇幻小说概念的梳理与总结就显得格外必要，因此本书的第一章对奇幻小说的概念进行了梳理与分析，希望能使更多人了解比利时奇幻小说的含义。

　　除了奇幻小说的概念令我印象深刻，老师对比利时奇幻小说的自豪感也令我印象非常深刻。当老师谈及比利时奇幻小说时，我们不难感受到老师对奇幻小说的热爱，她解释说比利时人对自己的奇幻小说非常自豪。遗憾的是，老师引以为傲的比利时奇幻小说目前在国内仍然是一个人们不太了解的领域，我在本书的第二章中总结了比利时奇幻小说的诞生与发展概况,希望能略微增进人们对比利时奇幻小说的了解,或许更多的人会对这一略微小众的文体产生兴趣。

当老师带着我们阅读奇幻作品时,我能看出她非常享受分析奇幻文本的过程,这种热情也影响着我们,使我们跃跃欲试地从自己感兴趣的角度对比利时奇幻小说进行分析。在阅读奇幻作品的过程中,最使我感到有趣的部分就是作家构建奇幻世界的过程以及在这一过程中现实世界与奇幻世界的力量抗衡。尽管每一部比利时奇幻小说都有自己的特色,都有构建奇幻世界的独特方式,但我在阅读小说的过程中发现其中隐藏着一种相似的模式。随着我对奇幻小说阅读量的增加,这种模式在我的脑海中隐约浮现。我在第一章的第三节中对这种奇幻世界构建的模式进行了总结,并且尝试用这种模式在第三、四、五章中对米歇尔·德·盖尔迪罗德和托马斯·欧文这两位奇幻作家的作品进行了分析。

比利时涌现了众多奇幻作家,我为什么选择了盖尔迪罗德和欧文呢?一方面,盖尔迪罗德和欧文是比利时奇幻小说黄金时期最为重要的两位奇幻作家,他们在比利时奇幻小说中的地位不言而喻,选择这两位权威作家的作品进行分析是具有代表性的。另一方面,我阅读过这两位作家的大部分奇幻作品,因此对这两位作家的作品世界及其思想更为熟悉,与其他我只阅读过部分作品的比利时奇幻作家相比,我也能更好地展开分析。

比利时奇幻小说课程的结课任务是一篇论文,我以《〈不予诉讼〉与〈雾〉中的神秘人》为题写了一篇论文,算作一学期的学习成果。我曾以为日后也许不会再有机会做关于比利时奇幻小说的研究,对于当时的我来说,我也从未想过日后会写一本关于比利时奇幻小说的书。

在这里我要感谢车琳老师,当时的我刚刚定下来即将在华北电力大学任教,对未来的一切还感到迷茫,车琳老师耐心地为我提出许多有益的建议,她还鼓励我试着向北京外国语大学法语学院主编的《法语国家与地区研究》期刊投稿。我之前从来没有过向学术期刊投稿的想法,感谢车琳老师,我第一次有了尝试的想法。此后我向《法语国家与地区研究》期刊投了《比利时奇幻文学中的神秘人——试比较〈不予诉讼〉与〈雾〉中神秘人的共同点》这篇文章。感谢审稿老师以及编辑老师当时对文章提出的意见与建议,在修改后这篇论文得以发表。这使我感受到了做学术研究的快乐,自己在阅读与分析文本后把自己的所思所想写成文章,这一过程使我的思绪变得更加清晰,同时自己提出的观点得以与其他学者交流分享,获得了受到批评指正的机会。此后,从 2018 年到 2022 年,我陆续在《法语国家与地区研究》期刊上发表了《安妮·埃尔诺作品中女性的异化》《托马斯·欧文奇幻小说〈15.12.38〉中的空间》《让·雷奇幻小说〈大夜色〉中超自然世界的构建》《比利时法语奇幻文学的兴起》等论文,在《法国研究》期刊上发表了《托马斯·欧文奇幻小说中的写景策略》。这些论文是我这几年来研究的成果,从某种程度上说见证着我的成长,其中的某些内容我在修改后加入了本书之中。

我要感谢华北电力大学以及学校英语系,学校与学院重视科学研究的氛围使我对科研不敢懈怠,推动着我在科研的道路上不断前进。我要感谢科技处的老师们在此书出版过程中对我的帮助,从前期的沟通到中途的手续再到最后的出版。我要感谢我的同事们,他们是我的良师益友,在科研道路上不断鼓励着我。

尤其要感谢中央高校基本科研业务费"哲学科学社会繁荣计划专项""盖尔迪罗德和托马斯·欧文小说的奇幻世界建构"项目的负责人王珊老师。王珊老师自我入职以来就在科研方面给予我诸多提点与帮助,也是她鼓励我尝试出版这本专著。王珊老师对本书的写作思路以及写作框架提出了许多有益建议,并在写作过程中给了我许多鼓励与支持。

这本书承载着我对比利时奇幻小说、对盖尔迪罗德和欧文作品的研究观点，这些观点有的具有主观性，并不一定完全正确，敬请方家不吝赐教。

侯　楠

2023 年 7 月 9 日